U0562326

晓仓颉◎著

长江出版传媒
长江文艺出版社

图书在版编目（CIP）数据

沧溟 / 晓仓颉著. --武汉 : 长江文艺出版社，2023. 11

ISBN 978-7-5702-2984-0

Ⅰ. ①沧… Ⅱ. ①晓… Ⅲ. ①幻想小说－中国－当代 Ⅳ. ①I247.5

中国版本图书馆 CIP 数据核字(2022)第 231828 号

沧溟
CANGMING

责任编辑：杜东辉　　责任校对：毛季慧
封面设计：回归线视觉传达　　责任印制：邱　莉　王光兴

出版：长江出版传媒 | 长江文艺出版社
地址：武汉市雄楚大街 268 号　　邮编：430070
发行：长江文艺出版社
http://www.cjlap.com
印刷：武汉市首壹印务有限公司

开本：880 毫米×1230 毫米　1/32　　印张：7.875
版次：2023 年 11 月第 1 版　　2023 年 11 月第 1 次印刷
字数：176 千字

定价：36.00 元

沧 溟

雨萧寒兮惊遇，
明月娑兮奇缘。
盼，盼，盼！

苦熬时光错嫁，
深埋经年误身。
等，等，等！

奈何万年寂静，
时空相交相思。
终，终，终！

【一】

1

公元4012年，沧溟时空。

今年的雨好像出奇得多，就像在纪念我和阿豪的无始即终的感情一样，淅淅沥沥地，即使是北方的城市，也一直在下。

其实别的地方也去不了，如果离家太远爸妈终归会生气，只说脑子缺氧才放下手头的功课出来散心，当然了——我没有带伞，因为被大雨淋透的感觉是透心凉的，什么事情都可以忘却，那我何乐而不为呢？回去以后只要先溜进浴室就没有人会发现。

其实是不喜欢和院子里大部分的人一样，一圈一圈绕着小区中间的人工湖这样绕过来的，虽然二十几栋楼，人工湖也是贯穿了整个小区，但是……

总之，就是S形地绕着楼，一栋一栋，心里想着阿豪那刀刻一般的脸庞，眼泪又不争气地流了下来。

走到了好友苗苗家的那幢，看着里面暖暖的灯光，突然觉得这秋后的雨打在身上又痛又冷。

就在这个时候，一个僧人打扮的老者拍了拍我的肩，把我吓了一跳。

“施主,莫慌。”

看着他的面容,五十上下的年纪,脸圆圆的,带着安和的笑,都和他剃秃的头是那样的相辅相成。

可是打量上下,手上拿的并不是佛珠,而是一面镜子,着装也不是正常的藏黄色佛衣,而是一件紫色的袍子。

最奇怪的,要数这么大的雨,他却全身像是被保护在一件雨披下,丝毫沾不到雨水,雨点到了他的周身都一一改变了方向,向着他身体的四周蔓延而去。

我不是一个信教者,更不相信一些奇奇怪怪的事情会发生在这个世界上,所以,我保持着平静,克制着鼻息,轻轻说:“不管你要说什么,如果是会让我做噩梦的事就不要说了。”

他向我略施一礼,眼中多了几分狡黠,从怀里又取出两本杂志,神秘地对我说:“请你把这两本杂志交给你的好朋友苗苗,然后让她转交给她的同学莫柳,记住从后门跳进去,这会给你带来好运的。”

我听得一愣一愣,平时若是有个人这样要我,我一定不会去做,可是今天,我居然鬼使神差地真的这么做了。

打不开她家后院的栅栏,真的只好跳了进去,回头看见僧人鼓励的眼神,又一步一跳地到了小院子顶头连接她卧室的后门。

“苗苗?苗苗?”

我轻声敲打着她房间的玻璃门,生怕惊扰了周围的邻居会被他们群起而攻之,谁叫现在一到雨天,大家都习惯在家里睡觉呢?也就我不这样。

两分钟之后，看起来刚刚被我从床上弄起来的苗苗睡眼惺忪地站在我面前，听我说完一堆奇奇怪怪的话，她也有些醒了。

“小碧，你认识莫柳？我好像没有介绍你们认识啊……”

“其实我也不知道啦，”回过头，手指着那个老者，却看到那里多了两个少年和一个女人，还有一只全身发着白光的小白狗，那三个年轻人也是那样耀眼的白衣。看起来年轻一点的那个少年右手的食指指向我，那只看起来温驯的泰迪犬就这么笔直地向我扑过来，撕咬起我的身体！

更诡异的是，我一点都感觉不到疼痛！

几秒钟的时间和几百年一样漫长，一条透明的不成形的丝线从我的身体里被抽离出来，突然之间，身体就变轻了，痛苦和伤心好像都离我远去了，一身轻松。

就这样白狗化作一道白光淡出了我的视线，那个右手食指指着我的少年浑身也变得透亮，看的人觉得他随时都会消失一样。

也就是这时，我做了一个改变我一辈子人生的事情——我居然在他逐渐消失在我眼前时，扑上去，吻住了他！！

2

一瞬间，时间静止了。

我的手伸向那个仙风道骨的少年却怎么也抓不住，他唇齿间的薄荷香气好像还在鼻翼环绕，身子却被一股外力拉扯，结结实实摔到了地上，摔回了现实。

“你这个女人！是怎么想的?！怎么亲住闻风就不放啊？有没有点矜持！”

我花了五秒钟的时间回归到现实中的世界，看着这个明明摔在了污水里，可衣服还是纤尘不染的男生，想看出刚刚发生的一切是梦还是现实。

“喂！你到底要压在我身上多久啊？不知道天蚕丝的衣服压在身上很沉么？”

我慌忙起身，盯着这个气急败坏的男生，和之前消失的温文儒雅、一言不发的少年相比，这个男生不知道粗鲁了多少倍。

“我……我要你管啊？他人呢？怎么就这么不见了？那只小狗呢？”

老者在一边狡黠地笑着，手中的镜子发出七彩的光芒，紫的那一束就这样结结实实打在我的身上，在心口有一丝微微的灼热感，可是这又有什么好笑的？那个老者笑得那么开心。

略施一礼，他又缓缓开口，“小施主，你命中注定是逆转之人，不食人间烟火，不饮尘世凡俗，若可以等待万年受尽甘苦，必可将心中之杂念除去，得到一份永世的逍遥。”

“等等……可是……”

不等我说完，老者也和那个少年一般消失在白光之中，空气中只剩下一抹淡淡的笑容。

眼前接二连三地发生了奇怪的事情，我回过头，想看看身后的男孩和女人会不会就这样消失,可是他们还是好好地站在那里,雨滴打不到他们身上,眼中是凌厉的神色。

男生的手上是一卷封条,此时正双手插在胸前怒视着我。和我年纪相仿的样子,却故意扮得老成。

女人有二十五六岁了,容颜姣好,有一双漂亮的绿色瞳孔,嘴唇却抿成了一条线,在雨夜中散发着橘黄色的光芒。右手攥着一条小水蛇,左手是一根我小拇指那么粗的皮鞭,被她在手上缠绕几圈之后还有一米左右垂在她白色的裙裾边上。

男生不耐烦地甩了甩额前的斜刘海,看得出他头发不长,用空着的那只手指向我,酷酷地说:"既然灵狐长老发话,让我们给你平安送回去,那就请吧,明,骚,女!"

"喂!你这个没礼貌的家伙!我是有名字的好不好啊?"真是气死我了,这个家伙,我看他鼻子都快翘到天上去了!"我叫仓央碧若!'碧'是'孤帆远影碧空尽'的'碧','若'是'人生若只如初见'的'若',你听清楚了没有?!"

"谁稀罕知道你叫什么啊?不要脸的女生!"

"你!"还不等我分辩,一边还没说过话的女人开口了。

"好了,小涉,别闹了,怎么她都是灵狐长老说了要护她安全的人,任务完成不好的话,右护法又要罚我们了。再说了,闻风不是说,这次所救之人迟早会有一天让中心殿的长老们为之左右之人么?在时间到之前若有半点差错,就不只沧溟了,其他四个时空都会有差错的。"

"好吧好吧,真是她好运了,真是,侵犯捕魂者是可以裁决的么,这次没有好戏看了。”

他们在说什么啊？搞得我一头的雾水，“什么是右护法？什么是中心殿？什么是沧溟？你们在说什么啊？我听不懂诶。”

“现在你不用听懂，两年之后，你十四岁生日那年所有的事情都会分晓。”

随后，两个人都消失在了白光之中。

回头一看，原来我已经站在楼门口，手上是一把湿透了的雨伞，身上并没有沾湿的痕迹。

他们，到底是谁？

【二】

1

时间过得飞快，那个被唤作“小涉”的男生就这样出现在了我的生命里。

他转学到了我们班的时候，我才知道，他叫梁易涉，行为奇怪，说起话来也是那样的奇怪，班里几乎没有人知道他在说些什么。

更让我生气的是，自从他来到班里之后，就严禁任何人和我说话、有任何看起来暧昧的动作，我都快被他气死了！

我十四岁生日那日的黄昏，也还是像往常一样，我走在他前面一米处，他就这样跟着，也不说话，会在最后一个转到我小区的巷口停下来，为我买一包糯米小丸子，我最爱的牛奶太妃的味道。

终于，我忍无可忍，回过头，也不接过他手中的小丸子就这么直勾勾地看着他，我相信就算是这个天天和我都过不去的扑克脸，心里一定也开始发毛了。

“你，看什么？”

咳咳，我清了清喉咙，“梁易涉同学，你到底，想干什么？”

“哦，你说这个啊，”我好像并没有抛给他一个很难的问题，在刹那的失神之后，他又恢复到那张千年不变的扑克脸，“既然你问我了，那么，我就从今天开始教你吧。以后放学以后，晚两个小时回家，就和家里说补习。有些东西，你要学会。”

“喂喂！你这家伙！把话解释清楚再走啊！还有我的糯米小丸子!!!”

他倒是潇洒，挥了挥手上已经吃下一口的美味，消失在晚霞里，就像我第一次见到他的时候，那个被他称作“闻风”的那个少年一般。

我揉了揉以为看错了的眼睛，不以为然地回家了，因为我根本就没有意识到他今天对我说的这些会对我造成如何的影响。

结果，第二天放学，他就真的给我家里打了电话，谎称自己是我的老师，和我的爸妈说，我要补课。

我真的是败给他了！

这个夺走我回家权利的家伙，我发誓我饶不了他！

他把我带到教学楼的顶层，那里视野很开阔，但是等我回过头来看他的时候，我居然看见他在向通往楼下的楼梯施着什么法术，就好像那天一样。

我吼他："你在干什么啊？疯子！"

他也不答，也不回头自顾自地拿着他那根奇奇怪怪的封条，绕着楼顶念念有词了好久。

半盏茶的工夫过去了，我抱臂坐在可以看得到市中心的墙角，等待这个本来就缠绕着秘密的奇怪男生给我一个解释。

"好了，这下就没有人可以看到我们，更没有人可以听到我们说话了。"

"哪怕上次那个长头发，左手拿着鞭子，右手有着小蛇的女人都不可以么？"

"不，她可以，因为，她和我一样是沧溟时空的捕魂者，我们的心灵会在必要时互相连接，这样就可以让我们更好地完成任务。"

"等等等等等等等！"我急急地打断他的话，"对了，你快给我解释一下啊，沧溟时空是个什么东西？还有你所说的什么捕魂者，都是什么啊？我都没有听说过诶。"

"知道你没有听说过，所以这就是今天我要给你上的第一课，可是你要知道，以后不要叫她'女人'什么的了，她叫杜伊然，比我们大十岁，人很好，就是和我一样不太爱说话。可是你要答应我，不论如何，我给你上课的内容你不可以透露给任何人，而且必须和我们一样，变得沉默寡言。”

虽然这个少年，没有他自己口中所说的“沉默寡言”，但是他接下来的一席话，就算是荒唐至极，我居然还是会深信不疑。

2

在这个世界上，并不是只有我们看的这么简单。

看似只有一个地球在宇宙之中，却在几万年前的一次陨石撞击之后，无形地分出了五个时空，除了我所生活的沧溟时空之外，上次我看到的那个少年来自橡豫时空，是在五个时空中和沧溟时空时间差距最小的时空。除此之外，还有锦华时空、烛照时空和坂岭时空。

在同一个轨道上，有着相同的运转模式，差异却在时间的计算方式的不同，所以，即使是同一时代，却还是有些不同。

在这个世界上，由人、魂和捕魂者三种不同形态的事物组成。

人指的就是我们这样的正常人，没有法力，没有决定这个世界发展的权力，虽然也分三六九等，但还是人而已。我们不知道其他时空的存在，只是安分守己地活在自己的时空，也不可能冲破封印跑到别的时空去。

人之上的是魂，每一个魂魄在离开肉体之后都可以穿梭在各个时空间，只是根据法力的不同决定着它们可以穿梭哪些时空。然而，鬼魂也会分级，有好有坏，为了保证这些鬼魂不为人类造成困扰，捕魂者出现了。

虽然鬼魂可以穿梭时空,但是依照上古经文《冥世》上的预言,一旦鬼魂穿越结界,跑到不同的时空之中,有些人类会被附身,从而导致神情恍惚,被魂魄控制的情况,正如我曾经那样,神志不清。若此时,捕魂者中的捕魂者不来收复这些附在人类身上的鬼魂,超过120个标准时(注:标准时即宇宙统一时间记法,1个标准时相当于公元2000年的1天)之后,这个人就会变成一具行尸走肉,想再恢复原状就需要在每个时空的左护法出面付出极大的代价去修复。然而,如若超出360个标准时,这个人就永远不复存在。

除了捕魂者之外,捕魂者其实还包括镇魂者、左右护法,还有位于管理所有捕魂者的中心殿里的各位长老们。

镇魂者的主要任务就是在捕魂者逮到魂魄之后为它们超度,好的灵魂可以进入下一世的延续,坏的灵魂都会被发配到中心殿外一千米处的中心塔,永世镇压。

很显然,我眼前这位拿着封条,看起来一张扑克脸让人厌的男生就是一个不折不扣的捕魂者,如果要再加一个形容词,那就是新上任的。

他在经过长达十年的中心殿历练,才一步一步走到今天的位子,在上一任捕魂者西摩荣升为镇魂者之后,他也回到了沧溟时空,接替了工作。而那位看起来冷冷的女人杜伊然,是他的义姐,因为他们都曾经是弃婴,而十年前,是杜伊然救下了他,才有今天他活得好好的,成了捕魂者。

可是,可是！我很想知道这和我有什么关系么……

我只想做一个普通的人类,或许可能会被魂魄附身,但同样可以再一次遇到那个少年,也许我还可以再吻他一次。

“你不用怀疑,从今天开始,我要你成为一个捕魂者,和我,和然一样。”好像他可以读懂我思想一般,就这样轻易地说出了答案。我想要的答案,“惊讶？没什么可惊讶的,你想什么我读得出来,因为你即将成为我的伙伴,我将灵魂与你的相通之后产生的共鸣,这就是命中注定的意思。等你的实力增强了,你也就可以读我和然的思想了。”

我气结,怎么就可以遇到这样的事情,我仓央碧若怎么就可以遇上这样的事情,我是如此平凡又如此不起眼,放在人海里就再也找不出来。这样的我怎么会有这样的命运？

3

那天回家天都黑了,肚子饿得咕咕叫,可是我居然一点胃口都没有,一向可以吃下一碗鱼汤面的我,只喝了一碗红豆就回房间了。

没有心思写作业,就拿出了素描本随便涂鸦起来,反正也没想画什么,就跟着心走。

一个小时过去了,才意识到自己画的竟然是那个来自橡豫时空的少年,闻风。

我想我喜欢他,因为我只会画自己喜欢的男孩子,就像以前我画阿豪。

他们是两个不同的男生。

阿豪是阳光率真的大男孩，喜欢所有的体育运动，因为被他看上,我被他的前女友在学校大会上公然羞辱,最终放弃了这段没有开始的感情。

可是闻风不一样,他沉静如一潭没有波痕的湖水,尤其是他的眼睛,虽然不大,但是在我吻上他之后,瞪大之后微微一点的血丝,看去却是更加澄净的墨蓝色,有震惊,有不屑,还有一丝命中注定的玩味,对,命中注定,或许这就是所谓的命运,我在他的眼里看到的。

我突然觉得,要见到他唯一的办法就是、梁易涉和杜伊然一样,成为一名捕魂者,然后在每十年一次向各长老汇报十年以来封印情况的“封印大典”上,远远地看他一眼,也就好了。

前几天的内容也就大抵如此,听梁易涉讲那些我看起来就像是天方夜谭一般的和我生活离得很远的世界。

但其实,我自始至终都是身处其中,只是不自知罢了。

就像是小说里所写的一般,在这个穿梭着幻象的世界里,还有更加让我们想不到的东西。

我打赌,一千年前的人是不会预知到:现在的城市里充斥着机器人,车辆可以随时延展,学校也是没有正式的老师,只有一台电脑,指挥着所有的学生学习新知识。

就连公路，只需要交通局的人在电脑上大笔一挥就会多出来一条,不管是天上还是地下。

看着这个日新月异的城市，听着梁易涉口中我所不知道的这个世界的秘密，我感觉到自己的想象力是何等的匮乏。

距离自己何等之近，我甚至在他的带领下，练习一些看起来奇奇怪怪又疯疯癫癫的事情，然后我就能看见一些魂魄，开始每天晚上睡不着觉，被忽近忽远的声音吵得害怕。

梁易涉说，他们这些孤儿和我们不一样，他们从小就受到这种教育，他们的世界里随时随地都能看到这些孤魂野鬼，但是唯一需要做的就是在结界网附近多加留意，所以每天晚上，都会有不同的灵魂守着不同的连接口，一旦有亡魂通过，所有捕魂者都会穿过结界，去往它逃亡的时空，联合那个时空的捕魂者，一起镇压这些逃亡者。

我不止一次地问他，为什么是我，我不是孤儿，我也不可能做这些奇奇怪怪的事。

但是这个疯疯癫癫的少年，总是这样顾左右而言他。

直到那天，那个杜伊然突然跑到结界里来，那个时候，江城已经开春了。

“小涉，封印大典定在了沧溟时这周四的中午，我决定要把碧若带过去，交给长老，让他们判定她的未来。”

“可是，我——”

“没什么可是，要是她可以成为捕魂者，那沧溟就有 3 个捕魂者，而且，如果你真的有意，你可以娶她。这，不就是你一直想要的么？”

等等！他可以娶我？

开什么玩笑！

我转过头看着此刻有些恼怒地看着伊然姐的梁易涉，我真的从来没有想过他会有这样的想法，虽然这时的我已经是一个十七岁的少女，但是结婚这个词还是离我好远好远，在这个年代，只有傻子才会这么早结束自己自由的生活。

但是听梁易涉所说，捕魂者的生命要比普通的人类长，而且就算是肉身死亡，灵魂也会永远地环绕着中心塔，封锁住里面被放逐的灵魂。

几乎是永生的生命，这么早就结婚，打死我都不愿意！

“伊然姐，去封印大典的话，是每个时空的捕魂者都可以见到么？”

“是的啊，怎么啦？你不会，对闻风……”

是啊，这么近的距离，还有最近我越来越多的时间可以听到梁易涉的想法，是不是就意味着，我也很快可以成为他们中的一员，所以他们也可以太过容易地读懂我的想法了呢？

“碧若，”伊然姐走近我，第一次以非常温柔的目光看着我，一只手搭在我的左肩上，用一种悠远的声线对我说，“你是灵狐长老说过的命运逆转之人，我们迟早有一天都会读懂对方全部的想法，但是不管你对闻风的感情如何，两个时空就是两个时空，你们是不会有结果的。最好的选择就是嫁给小涉，他会好好对你的。”

说完，她左手的鞭子一挥，整个人又消失在远方西沉的夕阳余晖里，眨过眼，就看不见，只留我和梁易涉，呆呆地站在那里，不知道如何打破此时的尴尬。

【三】

1

三天后，梁易涉替我们请了一天的假，然后和伊然姐，带着我，来到了天和海的交界之处。

我不得不承认，我所生活的城市是何等的渺小，在他们的飞行器的领航下，我看到了一个又一个从来没见过的城市和高楼大厦，在大约二十沧溟分(注:沧溟时空的计时方法最接近于公元2000年代，1个沧溟分等于2000年代的5分钟)之后，我们到达了海天交界处。

那里的太阳是何等的绚丽啊，阳光直射着海面，海和天被这个巨大的火球分隔开，但是就算是站得如此之近，我也感觉不到这些热量，还是和往常一样，肌肤干燥，血液平缓。或许这就是我离捕魂者又进了一步的象征吧。

这个时候，伊然姐做了一个噤声的手势，然后梁易涉用右手合上了我的双眼，只感觉眼前的红变成了正常的黑，感觉到身体像以极快的速度奔跑一般，然后我听到了细碎的喧嚣。

“睁眼吧。”

是梁易涉的声音，于是我缓缓睁眼，看到了满屋子穿着白色袍子的、看起来与梁易涉和伊然姐一样的捕魂者，虽然只是猜测，但是看到我身上的白袍,还有身边一样白袍加身的梁易涉和伊然姐,我想,这里就是中心殿了吧?

“欢迎来到中心殿的捕魂室，所有的捕魂者都会站在这里等待中心殿九大长老的召唤,一一去汇报这十年来自己时空的状况。Hi,兰迪姐。”

远处一头银发的女人走近我们,伊然姐和她热情地打招呼。

或许是眼睛还不适应的缘故,我只看见了这个女人银色长发和银色的瞳孔,还有,就是在她的锁骨处,一个金色的标记,只是一个模糊的影子,再看就已经被她散下的长发挡住,再也看不见了。

“好奇我们的女神怎么看见这个人这么热情?”耳边是梁易涉热风一样温暖的声音,让我心里痒痒的,本不是很稀奇的心理被挑起了好奇,“二十六年前,兰迪姐在沧溟时空的一个桥下救下了伊然姐,那个时候,刚刚成为捕魂者的兰迪姐,看着还在襁褓中的伊然姐可怜,就求了他们烛照时空的左右护法,最后把她抚养成人,交付给了中心殿。因为家乡是沧溟时空,所以她还是没能和兰迪在一个时空生活,只能每十年相聚一次。总的来说,兰迪大婶的人不错,以后你会知道的。”

烛照时空……好遥远的名词,虽然不是第一次听到,但还是有些不习惯呢。

突然,远处有一点光亮照了进来,我条件反射地微微闭眼,一张刀刻般的脸庞映入我的眼帘,害得我过了好一会才回过神来,而不远处,亮光的尽头不是别人,正是我朝思暮想的少年,来自橡豫时空的——闻风。

此时的伊然姐正异于平日地和兰迪欢快地聊天，梁易涉也和不知道哪个时空的捕魂者聊得起劲，只有我呆呆地站在那里，出神地看着远处背光的黑影，却看不见他漂亮的瞳孔。

身边的世界好像一下子就噤了声，白色的房间寂静得可怕，身边的人有些面带微笑，有些面色凝重，还有的一副高高挂起事不关己的样子，但无论如何我怎样凝神都听不到别人的声音，只听到了他平稳的呼吸，再眨眼，眼里就只有他漂亮的侧脸，礼貌地和谁握着手，脸上依旧是那样冰冷而毫无血色。

脸上有微微的热度，最后的最后，我听见了梁易涉的大喊，"碧若！"我就再也没了感知，坠入了无边无际的烈火。我想，我是无法克制了。

再醒过来，没过多久的时间，睁眼就是梁易涉那张不讨我喜欢的黑脸，一副很紧张的样子，一向嬉皮笑脸的眼里，透出了没见过的神情，在我醒来之后烟消云散。

"碧若！你终于醒了，吓死我和伊然姐了，还怕错过了大典，长老们要怪罪呢。"

"我怎么了？"

"还说呢，突然就浑身发热而晕倒，还好只过了一会就醒了过来，否则真的要闯大祸了！"

我揉了揉惺忪的眼睛，不知不觉，一股热流不由自主地奔出了眼眶，然后，就再也止不住地流着。

耳边充斥着梁易涉的大喊，拼命被他晃动的身形，旁边还有伊然姐、兰迪大婶焦急的目光，可是我居然就这样熟视无睹，止不住地流着泪。

我看到他了，终于看到他了！

心底有一个声音盖住了一切，不顾地呐喊着，闻风，闻风！

那个来自橡豫时空，风一般的少年啊！

可是现在，我在哪里？你，又在哪里？

“闻风……”

这个名字居然就这样不自觉地从我的口中逸出，突然就停下动作的梁易涉，还有一旁目光担忧的伊然姐，我知道，这下真的不妙了。

“你叫他做什么。”语气生硬，这和梁易涉火爆而冲动的性格不符。

在我认识他的这五年以来，已经习惯了他这样的疯疯癫癫不合时宜，甚至偶尔就算是当着班里同学的面都能做出不正常的事，说出不正常的话，但是这也是第一次，第一次听他的口吻生硬而愠怒。

眼中奔腾的泪一瞬间停住，“对不起……”

这也是认识他以来，第一次，我向他道歉。

“但是，请告诉我，他在哪里？”

我看到一向骄傲如他的梁易涉低下了头，长长的刘海遮住了半张脸，伊然姐的手搭上了他的肩膀，轻叹了一口气，又回头看了一眼兰迪，然后无奈地开口，“碧若，别再为难小涉了。这里是沧溟时空捕魂者的偏殿，若非‘邀请’，兰迪姐也进不来的。而且，我告诉过你，不要再痴心妄想和另一时空的捕魂者有任何的瓜葛，我和兰迪姐收养与被收养的关系不还是只能十年一聚，这，就是我们的命运了。所以，我今天会和沧溟时空的左右两大护法为小涉求情，请长老们把你新纳入沧溟捕魂者，并嫁给小涉。你要乖一点，如果我们读到你有任何的想法，就只能用法力将你暂时封住，直到我们回到沧溟时空了。”

真是，何等的可笑啊。

为什么我的命运不可以自己选择，好不容易下定决心成为捕魂者，却还是不能实现最初成为捕魂者时的想法，那么我这个所谓的“命运逆转之人”，仅仅只可以逆转人类成为捕魂者一说么？

这也太悲哀了吧？

2

封印大典在太阳沉入云的尽头的那一刻准时开始。

犹如云朵铸成的大殿在太阳光彻底没入的那一秒亮起了萤火，从上到下，一直延伸到我们的脚边。

仔细一看，居然是一只只可爱的“提灯萤”，它们隐藏在云朵的最中间，一片云一只，蹲下去甚至还可以听到它们的窃窃私语，而也就在整个大殿灯火通明的同时，最中间那里升上来了一圈一圈打坐的老人，他们个个白袍加身，银白色的头发和胡须都是各人各异，就这样一圈一圈，一共升上来了四圈。

最后，一个手握金杖的老人在众多老人的簇拥下，最后一个升入了大殿最中央的位置。

这时，伊然姐悄声对我说:“这就是现任的宇宙间第一长老——司寇长老。”

我发现身边的人一个个站起身来，从锦华，到橡豫，到沧溟，到烛照，最后是坂岭。

其实现任的捕魂者很少，除去每个时空的现任左右护法坐在最前以外，后一排是现任的两个镇魂者，再往后是人数不均的捕魂者。在捕魂者的身后，有一道无形的光影，光影之后，则坐着每个时空历代的捕魂者，还有些已经成为镇守中心塔的灵魂。

但是，不管是现在的捕魂者，还是曾经的捕魂者，每个人都弯下腰去，齐声呼喊:“恭迎司寇长老！”

大约只有一个沧溟秒之后，大殿中央的老者居然自己也站了起来，“好了好了，大家都坐下吧！”

脸上带着孩童般的天使笑容，手中的金杖微微地挥舞，看所有人坐下后，自己也捋着胡子坐了下来，长老们身下的云开始慢慢地转动，速度不均，估计是想让他们都能看到每个时空的人吧，这些也只是我的猜测，因为伊然姐和梁易涉都变得和以往不同的严肃，眼神犀利。

和颜悦色的老头像是有些戏谑的开口:“还是和往年一样呢，这么的沉默。今年注定要和往年不太一样呢，你们知道，为什么？”

司寇长老故意地停顿，虽然不太确定他说的究竟是什么，但是发现在他说完这句话时，所有人的目光都集中到我的身上时，我突然心里咯噔了一下，感觉大事不妙。

双脚突然腾空，整个人就在不知不觉之中飘了起来。

下一秒，我站在沧溟时空所有捕魂者的最前面，长老们身下的云朵也不知何时就这样转到了我们这边，而且停了下来。

所有的长老也在一瞬间排成了三角形，以司寇长老为中心而井然有序。

“孩子，过来。”司寇长老脸上依旧是那样温和的笑容，左手握着金杖，右手向我轻轻地召唤着。

我突然回头望向伊然姐，她是我在这里唯一一个信任的长辈了吧，所以就这样下意识地回头，看到的是她坚定地点头，虽然双手紧握，但还是毋庸置疑地点着头，并向我抛来一个肯定的眼神。

回过神，白袍中的双手也不自觉地握住，一步一步，走向整个大殿的中心。

这十几步的距离，让我心中无限地起伏，就如同我走了一辈子一般，那么漫长，那么不安。

因为，我正走向我未知的命运，那个不确定的未来。

3

“孩子，我听说五个沧溟年以前，初为捕魂者的橡豫时空捕魂者闻风在沧溟时空救了那个被魂魄附身的你，于是你结识了沧溟时空的捕魂者梁易涉和杜伊然，而后的几年里，你跟随梁易涉习捕魂术。今日，你站在中心大殿之上，面对着宇宙间所有的现任和代理人捕魂者，和我们这些在中心殿生活了几千年的老家伙们，可否认真地回答我，你，是否自愿成为一名捕魂者，离开你的人类家庭，人类社会，放弃一切作为人类的权利，来造福这个宇宙，无私并永恒地存在？”

就像是一个爷爷在对自己的孙女讲述着睡前的童话一般的口吻，可是我却知道，这并不是。

因为这个回答真的会改变我所有的世界，逆转了命运也要付出逆转沧溟时空的代价。不仅如此，我的逆转还会造成五大时空的微妙变化，伊然姐曾经说过，最严重的后果是时空结界的错位，最后导致中心塔所有镇压灵魂被封印，也就是这样，中心塔中所镇压的灵魂就有机会冲破封印，去往不同的时空作乱，除了传说中一万年前出现过救世人于水火的金童玉女以外，没有人可以救赎这个混乱的世界。

可是，这也只是传说而已，《冥世》中所记载的“命运逆转之人”这一章，所有的描述都以“据说”二字起头，所以没有人知道真假，而这一万年里，也没有人是所谓的“命运逆转之人”，所以没有人知道，究竟是怎样。

梁易涉曾“威胁过”我，如果我答应成为捕魂者，那么以他和伊然姐的实力，是可以帮助我制造出另一个“我”，代替我在人类的世界里活下去，完成人类的我的命运。而若我拒绝了这一切，我的肉身和灵魂将永远分离，肉身被打入地下岩浆受尽一切折磨，而灵魂则永世封印中心塔，除了会受到酷刑，还会被塔中的厉鬼所欺负。

我承认，我只不过是一个贪生怕死的小女孩罢了。

我才 17 岁，就算我从来没想过我的前生今世如何，我怕痛，更怕灵魂和肉身的分离，或许就是认定我这一点，所以梁易涉将这个过程说得何其可怕。

当然，我也不知道他是以什么样的方法，在最后一刻改变了想法，过去的五年，因为《冥世》中的记载，伊然姐一直反对梁易涉对我进行私下的训练，并不断地试图说服他改变这个想法，我也曾经很严肃地问过梁易涉，而他只是说，曾经我见过的令狐长老对他说过这样一句话："《冥世》的记载都只是可能的一种，可能发生也可能不会。仓央碧若命中'逆转'不可违背，否则天崩地裂也未可知。"

这一刻，我的内心出卖了我，我的日光，扫过橡豫时空捕魂者所在的云彩，那个少年和所有人一样看向我，眼里是微微的淡漠和满不在乎，也许他早就忘记那个不合时宜的吻，可我却为了这个吻，要付出一辈子的代价。

仿佛下了决心一般，我低下头，把手中的拳握得更紧，让疼痛的冲击带来冲动，继而让翕张的唇瓣吐出了一句，"我自愿成为捕魂者，并放弃一切人类的身份。请司寇长老成全我的心意。"

不知是喜，是悲，还是平静，抑或其他。

内心是一种从未有过的平稳和安定。

我听到不同的声音在大殿中荡漾开来，有人欢呼，有人愤怒，有人同意，有人反对，就连司寇长老身后的"长老团"也发出了从我进殿以来，从未有过的骚动。而司寇长老，笑意更深。

"那么，这件事我一个人说了也不算数，我们还是照规矩来吧。准备一下，一个标准时以后，我们进行'世纪审判'，在此期间，就请各位在自己时空的偏殿中休息，晚些时候会举行下一期的摄魂捕猎，这次的封印大典，将会在捕猎和审判之后举行。”

话毕，他所在的云朵一点一点地下降，然后是外面一点的长老，直到四圈都没入了云中，大殿中央又恢复到了之前的大理石板，捕魂者一一退场，每走出一层，就会由云朵变回大理石，直到最后一个我走出之后，洁白无瑕的大殿又变回了曾经的金碧辉煌，就像是一座沉睡的宫殿。

走出了那里，心里提着的一口气就这样松掉，整个人再也没有了力气，直直地倒了下去，要不是等在那里的梁易涉和杜伊然，我想我早就躺倒在地。

4

就好像睡了很长很长的一觉。

从出生到现在，所有的回忆闯进我的梦里，直到那个少年淡漠的眼神。很奇怪的是，当时退出中心殿时并未看到那个少年，可是在梦里，我看到他回过头来看着我，眼里的东西我读不懂，但是有一点，就像是五年以前，在沧溟时空消失之前的那个眼神一样，那里有一种叫作命中注定的东西。

我感觉，他早就察觉到了什么，只是并不愿意说出而已。

一觉醒来竟然还是漫天的星光，真是非常奇怪。

到了中心殿以来，就好像时间的记法改变了一般，但并不是按照所谓的标准时改变的，而是某个人在徒手操控。

不远处的薄纱内伊然姐安静地睡着，在我下床时才发现，梁易涉这小子居然趴在我的床边！

心里暗骂一句，不知道是为什么，我就这样的讨厌他，现在又被他守在床边，心里更加不爽。

动作明明很小，但他还是醒来。

我斜睨了一眼他，并没有说话的欲望，反倒是他，还带着困意却开口问我："怎么不多睡一会。"

"我已经睡了很久了吧，怎么可能再睡。"

他抬头看了看什么，莫名其妙地来了一句，"才刚刚过去一个标准分啊，还有两个标准分摄魂捕猎才会开始，如果睡不着，我陪你去中心花园走走吧，那里是你从来没见过的大而美的地方，我保证你绝对会喜欢的！"

说完，也不等我回答，他就自说自话地拉了拉我床头的那个银色铃铛，三声之后，我们就置身于一个巨大的花园之中。

"你……你怎么办到的！"简直就是脱口而出，甚至忽略了身边这个家伙是我讨厌的人。

"因为那个铃铛啊，"好像很满意我的表情一般，他臭屁的笑容又挂在了脸上，"我们每个捕魂者的床头都会有这么一个小铃铛，拉一下会把我们送到最开始我们降落到这里的等候殿，拉两下会前往摄魂捕猎的幻化殿，拉三下则会来到中心花园。但是，我建议你等以后有了自己的床以后，不要随便拉，因为拉五下会去往中心塔内部，那里的可怕不是你可以应付的。”

“等等等等等等等等等等等等等等！你说什么，我有了自己的床？”

“对啊，在你被司寇长老转换成捕魂者之前，你都不会有自己的床在这里，所以你一直睡在我的床上啊！”

我的天！

能不能不要这样打击我脆弱的神经！

就算我现在身处这么一个风景如画，在我生活的认知里从来没有过的美丽的地方也克制不了我想动手教训这个男孩的冲动。

可是我最终遏制了这个想法，因为不远处的一道目光盯着我的后脊梁发凉，回过头去，我的呼吸再一次紊乱，居然是——闻风！

我不顾一切地跑了过去，可是下一秒，他又一次消失在了我的眼前。

我伸出去抓他的手又一次抓了个空，眼睛发直地看着他刚刚站过的地方，怀疑自己是不是真的出现了幻觉。

终究，是抓不住的么？

就算是已经成了和他一样的捕魂者，为什么我还是不能抓住他，但是像这样的惊鸿一瞥，也是我这几年来所日思夜想、梦寐以求的了吧？

我反咬住下嘴唇，轻轻说了句：“知足吧，仓央碧若。”

我感觉到梁易涉慢慢地走向我，不知何时拿了一张毯子披在我的肩头，怅然若失一般从口中逸出一句话，若不是如此近的距离，我甚至以为自己出现了幻听，“碧若，你不可能看到他的，因为每个时空的控魂者前往这里所用的是不同的通道，我们只能在这里看到自己时空的捕魂者，而其他时空的是看不见的，他们，也不可能看到我们。”

“不可能！你刚刚也看到了对不对？你若不是看到了，你怎么可能对我说出那么奇怪的话！你明明就是和我一样，看到了对不对！”

我抓住他的胳膊使劲晃动，只为了证明，那个少年并不是我思念过度的幻觉，而是确确实实存在着的罢了。

我看到了他的眼神，挫败而孤独，我想他真的和我一样看到了，只是不愿意承认罢了。他害怕着什么，他想和我在一起，我听到了他内心的想法，可是我心里的想法，他一定也可以听得到，我呼唤着的名字，闻风。

我抬起头，星光闪烁，这里不像我生活的时空，有皎洁的月光，但是这里的星星真的和书里写的一样——成千上万，而且会眨着眼睛。

然而此刻的我，并不是在欣赏这里的美景，而是在克制，克制眼中的泪水不坠落而已。

这样的感觉，这样的孤独，我想全世界，只有我身边的这个少年可以和我一样感同身受。

我们是何等的孤寂，因为爱着不该爱着的人，因为爱错了时空，变成了负担，或许只能成为渺小的一句叹息。

而我们，就这样，静静地，不说话，我抬着头看着星空，他则看着我，心中澎湃的语句，不用说我们都明白，我说服不了他，他奈何不了我，可是我们，只有 17 岁而已。

这样的悲哀，到底还要多久才能够平复。

5

和梁易涉尴尬地在中心花园里“散过步”之后，好像没有过多久，我们就来到了之前他所说的幻化殿。

所谓的幻化殿确是一整片的星空，让人感觉就像置身在宇宙之间一般，因为不管是天上还是地下，都是璀璨的星星，远远地，还可以看到天空中的星球，唯一不同的是，看不到太阳和月亮。

其实我一直就很奇怪，为什么在这里看不到月亮，但是我并不想在这个时候问身后一直用奇怪眼神看我的梁易涉，当然也不可能问一直和兰迪说话的杜伊然。

就这样站在这里，感觉在这个地方，平时缄默不语的人都会聊得很开心，也许在地球上，捕魂者都是格格不入的存在吧，每个人都要躲开人类，因为是人类不同存在的缘故，所以每个人都要变得沉默，可是这里却有着知己，所以话才会变得更多。

我站在原地，就像不存在这个地方的人一样，但其实，我的眼睛一直在搜寻，搜寻那个刚刚我明明在花园看到了，梁易涉却坚持说不存在的少年。

他也是那样安静地站在那里，就像，一座雕像，不对，一尊冰雕。

明明身边的人都热火朝天地讨论着这样那样的事情，可是他也和我一样，就像是不存在的一样，不说一句话，脸上也没有一丝的笑容。

可能是感觉到了我的目光，他的头向我的方向调转过来，我一下子低下了头，避开了那冷冷的目光。

是的，我感觉得到，打在身上的目光是那样的冰冷而没有一丝的温度，就好像身处在冰天雪地的严寒里，又被推下了更冷的冰下一样，冷到彻骨。

感觉到身后的人抱住了自己，挣脱开来，想都不用想一定是梁易涉。

因为只有他，站在我的身后。

我的力气奇大无比，好像自我生下来就没有用过如此大的力气去做过一件事，可是今天我是何等坚定，去推开他，所以措不及防的男孩就这样被我推倒在地，本以为在这样一个“宇宙”一般的大殿，他会坠落，可是没有，就像是正常的地面一般，他就那样吃痛地坐在地上，周遭有一点骚动，伊然姐立刻过来扶住他，然后用狠狠的目光看向我，这是我从来没有见过的恶毒目光，是一向低温却不会到零下那样冰冷的伊然姐从来没有过的目光。

她扶起了梁易涉，目光还是死死地黏在我的身上，她走到我的身边用很严厉的声音对我说：“你不知道不一会他就要代表沧溟时空参加摄魂捕猎么？你这个人类，疯了么?!”

是的，这一刻，我的心里涌现出来的居然是罪恶感，从来没有过的对于这个男孩的罪恶感。

不知道为什么，杜伊然的口吻就好像我做了一件罪大恶极的事情，好像下一秒就可以被打入十八层地狱一般。

然后，她压低声音走到我的身边，用只有我一个人能听到的声音，强压住声音对我说了下面的话：

“仓央碧若，若不是因为小涉喜欢你，你根本不可能活到现在。我虽是个区区的捕魂者，但是以我的能力叫你灰飞烟灭也只不过是一瞬间。你若不老实，继续伤害小涉，就算让他永世伤心，我也不会留着你一而再再而三地去伤害他。你听清楚了么？所以，如果小涉让你嫁给他，你就答应，否则，后果你自己去想吧。”

话毕，她又恢复了以往的淡漠，走回梁易涉的身边，扶着他嘘寒问暖。

不知道为什么，突然有种感觉，感觉杜伊然是不是喜欢梁易涉呢？

摇了摇头，一瞬间就否定了自己荒唐的想法。

整整相差十岁，而且又是收养与被收养的关系，那么一定是姐弟一样的情谊吧，这些年毕竟他们温柔地陪伴着彼此度过了漫长的时光。

容不得我继续胡思乱想，因为司寇长老又一次微笑地出现在了我们的视线里，虽然这一次，是在天上，一个小小的旋涡慢慢放大成了他那张邻家爷爷的脸，脸上笑容依旧。

“孩子们，你们准备好了么？十年一次的摄魂捕猎就要开始了，和往年一样，请各个时空派出你们最有实力的捕魂者，在比赛中获得优胜的捕魂者本人可以获得胜利光环，而捕魂者所在的时空将会获得守护‘镇塔之匙’十年的权利。”

“‘镇塔之匙’……”

“就是《冥世》中所记载的封印中心塔中恶魂的魔力钥匙，这把钥匙是唯一记载的可以放逐或封印恶魂的钥匙。这把钥匙不可以由中心殿长老保存，因为相生相克的力量会导致钥匙消融，恶魂尽数放逐，这是所能预见的最可怕的事情，因为没有人可以有力量去捕捉他们。但是具体的灾难已经很多年都没有发生过，在我所生活的年代里，摄魂捕猎是不同时空的捕魂者轮换去保管这把钥匙的唯一方法，最初创造这个方法的上一代中心长老，就是担心像千年前一样，总由一个时空的捕魂者保存，出现反叛的事情。"

虽然杜伊然不满我对梁易涉的所作所为，可是在我不自觉地想发出疑问的同时，她也给了我一个最合理的答案。

当然，也就是在司寇长老微笑讲完的时候，我发现梁易涉已经走到了人群的最前面，除了他以外，还有闻风，另外三个捕魂者。

听杜伊然说，另外三个分别是锦华时空的捕魂者，卢妃凡希，今年按照沧溟时算是 23 岁，锦华时空和烛照时空的女捕魂者实力较强，所以一般他们两个时空派出女捕魂者的可能性较大。今年烛照时空派出的是只有 15 岁的卢嫣然，出生在一个捕魂者家庭，从小就天资聪颖，是少数不用在中心抚养，而由家庭培养长大的孩子，今年派出她，也并非意外。最后，坂岭时空的那个大叔是今年年龄最大的一个，85 岁的公输玄，他已经连续三次为坂岭参赛，而且之前两次也都是他获胜了。

这样悬殊的年纪，只有闻风和梁易涉是十七八岁的年纪，看点平平，可是杜伊然也说，这几年，沧溟虽没有出过什么显赫的人物，但是梁易涉从小刻苦努力，不见得会比别人差太多，今年是第一年出赛，不能完全否认他的实力。

比赛在太阳升起时开始，但是杜伊然说，在幻化殿里的捕魂者是看不到日出的，那里的星空会在太阳升起时变成一座看不到周围的迷宫，在这个迷宫里充满了小鬼魂，虽然不会太险恶，但也是不好捕捉的类型，在等候殿的我们可以随意控制面前的五块透明的屏幕，看到幻化殿里捕魂者的情况。

当然，摄魂捕猎的比赛如果真的有看起来这么简单就好了，在骚动的人群里，我稀稀拉拉听到了一些谈论，并不是每一个捕魂者都可以走出那个迷宫，前几届的比赛也有捕魂者在比赛结束的时间内没有走出来，而永远被吸入了幻化的迷宫，再也走不出来。

换言之，只有顺利走出迷宫，并猎到最多鬼魂的捕魂者，才能获得优胜。

时间一点点地过去，等候殿里巨大的沙漏一点一点地流逝，半个标准时就会翻转一次，所有的捕魂者必须在这个沙漏翻转之前走出迷宫。

我紧紧盯着屏幕上闻风的身影，他的身侧依旧是那只白色的泰迪，手上居然有一只小小的飞镖，我想这就是他的武器吧，就像是梁易涉的封条，杜伊然的皮鞭一样，只是五年前他消失得太快，所以没有看到，又或许是太小了，所以就算注意了也会忽略。

他纯熟的技巧，流畅的动作，在那只泰迪犬的几声叫声之后，又一个魂魄倒在了他的脚下。

这样看起来就像是一种浑然天成的享受，让人无法移开视线。

再看看那边的梁易涉。

果真，不太一样呢——

以前的他在我的眼前总是嘻嘻哈哈，疯疯癫癫，从来没有看过他真正捕魂的样子，居然也是那样认真。

眼神和锋利的刀子一般，闻风真的就像一阵风，每一个动作轻如羽毛，却一镖致命，和闻风的冷静不同，而梁易涉就像是一团火，他手中的封条上下纷飞，结结实实地触碰着透明的灵魂，然后看见有火光闪现，之后，一点一点卷起，俨然也是一副专业的样子，和平时的半吊子看起来真的不一样。

其他的几个捕魂者也是那样努力，两个女捕魂者一人执剑，另一人则持一根很奇怪的木棍。

"伊然姐，卢嫣然手里的那是什么啊？"

"那个叫作 wand，卢家的传家之宝。卢家前身是五千年的魔法师，传说在一次魔法大战中，奄奄一息的卢家在中心长老的庇佑下保住了命脉，从此世代保护中心，发誓至死不渝，在烛照时空也算是控魂大家了，但是很奇怪的是，他们历代所培养的女捕魂者总会胜于男捕魂者，才有了烛照时空的女捕魂者总是比男捕魂者强的传闻。"

原来是 wand 啊，这样不起眼的一根木棍，居然也能达到这样传神的效果，在肩头那只百灵鸟的陪伴下杀鬼斩魂毫不逊色于男捕魂者。

"那么伊然姐，是不是每个捕魂者都会有一个武器呢，还有一个宠物陪伴在侧？可是我看梁易涉也没有宠物啊，还有那个卢妃凡希，还有公输玄。"

“武器是每个捕魂者与生俱来的东西，在我们接受中心培养之前，我们都会去往一个神秘的地下湖，虽然听闻在中心花园之底，因为一直没有人去证实，所以也只是传说。年幼的我们被带到那个地方，然后会有一些魂魄使带领着我们去往不同的地方，找寻不同的武器，有些武器和我们天生就是一体，所以我们会看上一件武器，然后运用自如，下一秒我们就会回到中心训练场，接受捕魂者的特殊训练。而宠物就不一样了。在这里学习捕魂术的我们是没有宠物的，只有在我们回到了自己的时空之后，我们在现实的生活里会发现一些流浪的动物，它们可以看到魂魄，而且也会对我们不离不弃，我们才会施法让它们变成和我们一样的捕魂动物，陪我们走过漫长的岁月。”

终于明白了这一切，梁易涉这个小鬼，明明三年前对我说会给我解释一切的疑问，可是到头来这么要紧的东西都不和我讲，真是服气了。

听到了我心里想法的杜伊然突然张口，“你不要怪小涉没有告诉你这些事，他也有他的认知程度，毕竟我在这个位置上比他多坐了十年，所以有些东西，他并不是很明白，就像现在的他，也还没有遇到那个和他心灵相通的动物一样。”

心下骂了一句笨蛋，但是看到伊然姐斜过来的眼神，我偷偷吐了吐舌头，以后，连自己的想法也要小心翼翼了，因为如果真的成了捕魂者，那么和他们两个心灵相通的时候会越来越多，他们能读懂我的想法，不管是美好还是罪恶，真的是一种负担。

希望真的如伊然姐所说，随着年龄的增长，我们可以学会将思想分成两份，一份是可以让对方看到的，一份是他们看不到的。

6

距离沙漏还有一个标准分的时间，其他三个时空的捕魂者已经找到了出口，剩下在迷宫里的就只有梁易涉和闻风了。

一颗心被高高地提起，一双眼睛紧盯着屏幕上的闻风，他依旧是一阵没有温度的风，一点都不着急的样子。

我和杜伊然的手紧紧地握在一起，我知道她也很关心梁易涉吧。

比起闻风的淡然，梁易涉的反应真的太过了吧？

他已经全然不顾魂魄一波一波的袭击，只顾着用封条开出路去，在迷宫里毫无头绪地奔跑着，一看就是让人着急的样子。

虽然很讨厌这个男孩，但是心也不由得揪了起来。

不知道为什么，心里有一种强烈的预感，闻风一定会安全地出来，可是他就不一定。

果不其然，在最后一滴沙漏进了另一半，沙漏准备翻转的瞬间，闻风和他的小泰迪就平稳地落在了出口处，安然地看着其他三个捕魂者和眼前的一切，好像透过了一切看着其他的某处。

可是——

“小涉！——”

是杜伊然。

松开了我的手，她一下子站了起来，不顾一切地哭吼了起来，再也没有往日里那个成熟稳重的大姐大的风范。

第一个过来安慰她的果真还是兰迪，紧接着一个又一个不同时空的人走向我们这里，口中说着安抚的话语，有些拍打着她的背，有些还拿着饮料什么的，往里面放着平时她吃过的镇定睡眠用的糖果。

真的，就这样消失了么？那个我讨厌了五年的男孩。

说起来和自己相仿的年纪，确实傻乎乎地、单纯地喜欢着我，不顾宇宙间的法则，冲破所有的障碍，只为让我和他一样成为永生的捕魂者。

他，没有错啊。

可是我，就连他最后和我相处的时刻，我还是留给他我的背影。

想到从此他要永远消失在幻影之中，带着我对他所做过的一切，心中的叹息就一点一点地蔓延开来，无以复加。

突然，不知怎的，我就大吼起来："梁易涉，你这个大笨蛋！你如果回来，我就考虑成为一名真正的捕魂者，并且考虑嫁给你！"

"你说的是真的么？"

一丝悦耳而熟悉的声音在我的耳边响起，这个声音充斥了我五年的生命，让我何等的厌烦，可是始终挥之不去，是——梁易涉！

我听见伊然姐的哭声停止了，所有人的目光集中到了我这里，而我，在惊呆之后睁开眼睛，那张惹人讨厌的脸就这样放大在我的眼前，结结实实地吓了我一跳！

"你你你你你你你你你你——什么时候出来的！你不是没有走出

迷宫么?！”

“对啊,其实我本来是没有走出来的,可是我听到你的话,就发现了出口,在幻象消失之前就跳出来了啦！”

我的天！这个男孩怎么可以这样淡定欢快！上一秒还面临着永远消失的危险,这一秒居然对着我吐舌头做鬼脸！

还没等我说什么，伊然姐居然不顾旁人的目光一瞬间扑了上去,抱住了他日渐茁壮的身体,“小涉！你要是再敢吓我一次试试看！我是不是和你说过,我们是沧溟唯一的亲人！你要是出了事丢下我一个人我叫你好看啊！”

“哎呀,好啦好啦伊然姐,你弄疼我了啦！我这不是好好的就出来了么！你看你看,我捕到的魂魄不少呢！给你争光了！”

我偷偷抹掉了眼角的泪水,想起我的橡豫时空的少年,此刻,他们也回到了等候殿,等待结果,我看向他,而他,却用不屑的眼光看着我,这一次除了命中注定,我看到了一种叫无奈的东西,为什么我总感觉他知道些什么,却总是闭口不提?

还是说,是我的感觉错了呢?他并非是对我有感情。

我鼓起了勇气,趁所有人的视线都集中在杜伊然和梁易涉两姐弟的身上时,我奔向了他。

他先是微微一愣,转身准备走开时,我已经拉住了他的左臂。

“放开。”

冷到彻骨。

没有一丝温度的声音,不转过头来看我是谁,所以我也不能确定他的表情。

我深深吸了一口气。

“闻风,你叫闻风对吧！”

他不语。

“你还记得,我是谁么?我叫仓央碧若,我叫仓央碧若!我是你五年前在沧溟时空救下的那个女生,在你消失之前,我还吻了你！”

一股巨大的力气甩开了我的手,没有防备的我,和我甩开的梁易涉一样,结结实实地摔倒在地,屁股就和要裂开了一样疼。

他依旧没有回过头,只是闷闷地说了一句,“无聊。”就消失在了我的面前。

我徒劳地伸出手,可是抓到的只有空气。

目光已经被吸引过来了,有的疑问,有的不屑,我竟然看得到他们的想法,却没有办法起来,是舆论的压力吧,终于有一天,我居然也站到了风暴的中心。

“疼不疼?”

是,梁易涉。

又是这样受伤的眼神,来这里之后已经是第三次了,他的心痛我听得到,可是我无能为力。

就像我无能为力去左右那个少年的心一样,也阻止不了他一次又一次消失在我的面前。

“我没事。”

我深深地埋起自己的脸,不想让任何人看到我的表情,更不希望有人看得到我的眼泪正顺着脸颊一滴滴地滑落。

“带我回去，好么？”

“我们在大典结束之前不能离开中心。”

是杜伊然，之后，我就感觉回到了沧溟捕魂者的休息室。

7

“这次摄魂捕猎的结果出乎意料地好，所有捕魂者都在规定时间内找到了出口，那么现在我来宣布名次。第五名，锦华时空卢妃凡希，总计捕获 246 只魂魄，封印 210 只。第四名，坂岭时空公输玄，总计捕获 320 只魂魄，封印 279 只。第三名，沧溟时空梁易涉，总计捕获 334 只魂魄，封印 251 只。第二名，烛照时空卢嫣然，总计捕获 336 只魂魄，封印 302 只。最后，让我们掌声欢迎第一名，橡豫时空闻风，捕获了 752 只魂魄，全部封印！除此之外，他也打破了司寇长老上任后的纪录，上一个纪录保持者是 900 年前沧溟时空的钱悦，现在中心塔镇压灵魂，现在我们请他为新的纪录保持者戴上胜利光环！”

中心大殿，捕魂者们每十年最热闹的场景浮现眼前，虽然也有人落败，但是互相鼓励，相互道贺，就好像他们之间不是对手，我记得梁易涉曾经说过，中心就像是一个家，在这个家里每一个捕魂者都是彼此的家人，在中心长老们的带领下繁荣昌盛。唯一和普通家庭不同的是，这个家庭的家族使命，是维护宇宙之间的平衡，危难之时要挺身而出拯救世界罢了。

唯一闷闷不乐的只有坐在我身边的梁易涉。

第三名的成绩并不算差了，更何况他又是第一年出赛，杜伊然就这样静静地陪在他的身侧，那一秒，我甚至觉得他们就是这世间最美丽的油画。

隐约间，我听见他内心的怒吼。

“居然，输给了闻风那小子，居然输给了闻风！”

低头叹气。

看着大殿中心的那个少年，白衣翩翩，长发轻轻绾起，头上的胜利光环泛着金黄色的光芒，笼罩着本就有些单薄的他就像天使下凡一般古道仙风，美丽动人。

我看见他凌厉的眼神，他微抿的嘴唇，清晰的轮廓，心里就像是一汪湖水那样灵动着。

接下来，是“镇塔之匙”的交接仪式。

上一任的保管者是坂岭时空曾经两届优胜的公输玄，缓缓捧着钥匙走向大殿的中心，眼里是苦涩的笑容。

或许是真的老了吧。

曾经身手敏捷，一身本领，今年却输给了三个初次参赛的孩子，但是他的笑容在登上那个顶端的时候变成了期待。

隔着云层，我听见他对闻风说：“好好努力，要一心守护这里，直至灵魂飞散。”

是啊，这是我们每一个人的使命，若命运之轮不偏移方向，我们每个人都要用毕生的心血去守护这里，守护整个宇宙，不是么？

这一秒，我更加坚定，坚定了我要成为一名捕魂者的信念，不管最后他们同意与否，我都不会再动摇了，因为这对于我而言，也许是一个挑战，一个逆转，但是就算如此，我也想在我的有生之年，做些有意义的事情，总比日复一日地当一个普通的人，终其一生都不会成为什么好吧。

就算在这里，我是那样格格不入，也没关系了，因为下一秒，他并不是像人类胜利者一样举起手中的优胜品，而是向我看了过来。

一秒。

两秒。

三秒。

时间就像定格了一般，仿佛这一眼，就翻过了我的一生，没有预兆，更没有准备，我的诧异、惶恐、惊喜、激动，都在这短短的几秒钟里汇成了那一个明亮的眼神，我用那个眼神给他表白，告诉我这些年来的思念和爱恋。

是，愣神吧，那个眼神。

第一次那双眸子里传递给我的东西不是冷漠，是讶异，还有那一直以来命中注定的……无奈。

不论如何，今天我看清楚了，是无奈。

在他眼中伴随着命中注定的东西是无奈，原来那一份命中注定不是我所想象的美好啊，不管这一份注定是关于我也好，还是与我无关也罢，不知为何，我并不想在他的眼里看到这样的东西。

忍住夺眶而出的泪水，我低下了头，任凭眼泪滴落在云朵之上，也就是泪水滴落的瞬间，身边的一个身影突然以迅雷不及掩耳之势冲向了大殿的中心。

“不要！”

我和杜伊然的声音同时冲出了这两个字，但是，我们阻止不了疯狂的梁易涉。

对，他奔向了闻风，那个站在所有人视线里的闻风，然后结结实实的一拳就这样打在了他的左脸，光环落在了一边，站在闻风身侧的公输玄也只是用最快的速度接住了镇塔之匙，却没来得及阻止眼前发生的一切。

在他拼了命要去打第二下时，公输玄终于反应过来，终于接下了他打向闻风的拳头。

可是为什么，我感觉，闻风并没有要躲藏的意思呢？

对。

他那样冷静地看着眼前怒火中烧的男孩，看见他被拉起身，自己也只是默默地用手擦去了唇边的血渍，然后仿佛闭上眼，冷哼了一声。

连我自己都不知道，我正往他的方向移动，下一秒，竟然就蹲下去，扶住了他刚刚战栗过的身体，虽然止不住泪水，但是我还是平稳住自己的声线，“你，没事吧？”

“没事。”

终于有了一点点的温度，但是他还是推开了我的怀抱，一个人撑着看似柔软却坚实的地面，自己爬了起来。

他是……何等的骄傲而自豪啊。

“放开我，你这个大叔！你没看到他在欺负碧若么？让我好好教训他！”

“放肆！”

本以为这个声音传自公输玄，可是抬头看到他欲言又止的样子，所有人弯下去的腰板，我突然心里咯噔了一下，有种不好的预感冲上脑袋，一瞬间就失去了所有思考的能力。

是——司寇长老！

我急匆匆地从地上爬起，不小心被绊了一跤，闻风只是恢复了那副冷冷的眼神，看着我求救的讯号也只是站在那里分毫不动，我只好自己咬着牙爬了起来，也一起弯下了腰。

“你们这帮孩子，趁我不在就胡闹？梁易涉，闻风，仓央碧若……是吧？随我一起来冥想殿。其他捕魂者请自行休息，沧溟时空和橡豫时空，禁足至封印大典！”

不容置疑的声音，这是第一次我看见这样的司寇长老，一向都是眉开眼笑的样子，像个老顽童，看来这次真的是闯了大祸了。

可是——

“小涉！”

8

一瞬间，天旋地转。

中心殿的画面一幕幕上升，我感觉自己在不断地下降，下降的同时也在旋转。

很多很多秒之后，我们终于停在一个黑色的房间里，没有别人，只有司寇长老，两个刚刚打架事件的少年，还有一个我 。

“梁易涉，小涉，我记得之前，我这么叫过你吧？”

司寇长老恢复了那副微笑的表情，眯着眼睛，笑吟吟地看着梁易涉，真的就像一个看着自己调皮孙子的长者一样。

“是的，司寇……爷爷。”

司寇爷爷?!

我的天！梁易涉和司寇长老到底是什么样的关系，能够用这样亲昵的称呼去称呼这个全宇宙最尊贵的存在?

真的是，让我一个头两个大!

可是在我偏过头去看闻风的时候，他的脸上居然没有任何一丝波澜，就像是一件平常的事，好像太阳又要升起，月亮又要照亮夜空一样。

“仓央碧若，不用这样的眼神看着闻风了，我听得到你心里的想法。小涉和我的关系确实微妙了一些，不过是因为这个孩子曾经是他们那一批孩子里最调皮，又是天资最聪颖的一个。他和闻风是两个极度极端的存在，一个就像一团火，学什么都速度极快，一旦掌握就不愿意多深入，而是一股脑地以毁灭般的态势去影响身边的一切。而闻风，他最开始来到这里的时候并不出众，但是他非常努力，虽然常常一副冷若冰霜的样子，可是心地善良。他们两个曾经是最好的兄弟，也是唯一的兄弟，明明看似水火不容，却是在他们离开这里去往各自的时空之前形影不离的一对兄弟。可是，很早之前，九大长老，就是可以预言未来的那九个最外圈的老头子，他们曾预言过，他们两个会改变所有的命运，其中之一可能会失去所有的一切去成全另一个。”

说完这些，我看见他们三个都垂下了头，好像是在冥思着什么。

“因为太喜欢这两个孩子，所以我收了他们两个为义孙，只可惜，一个叛逆，一个腼腆，所以我已经很久没有听过这一声爷爷了。”

久久的沉默，就连冷漠的闻风脸上都出现了一丝悲哀的表情，气氛压抑得快叫我喘不过气来。

这里的每个大殿都有一个巨大的沙漏，我看到这里的沙漏走了约有四分之一那么长的时间后，司寇长老再一次抬起头来，老泪纵横，皱纹满布，哪里还是那个主宰着宇宙一切的神采奕奕的仙人？简直就是白发人送黑发人的无奈老者！

被自己的想法吓了一跳，偷偷吐了吐舌头，瞄了一眼沉浸在悲伤里的三个人，还好他们都没有注意到我诡异的想法。

“小涉，你今天打了闻风，是为了这个女孩吧？”

他默默地点了点头，因为埋得太低，所以看不见表情。

“双子星不可能长明于星空，就像是天狼星 α 和 β，有一个永远都是为了另一个陪伴着的，所以牺牲是注定的命运。”

“司寇长老……”我缓缓地启口，“对不起，我听不懂呢……”

“没关系，碧若。”他走到我的身边，摸了摸我长长的头发，这一头的红发是天生的，就算是在捕魂者的世界，也很少有人像我一样。

“总有一天，你们都会明白我今天的话，可是到了那时，就只能是悲哀罢了。你命中逆转，不是我们可以扭转的，就算会掀起一场腥风血雨，甚至整个宇宙的毁灭，我们都无法阻止你的逆转，改变你的命运。既然今天把你们带来了这里，我就开诚布公地告诉你，虽然我们 19 个长老都害怕将来发生的一切，但是我们一致决定，直接破格让你成为捕魂者，不再举行投票。”

“啊……”

好像有几万只黄蜂在我的脑中盘旋、叫嚣。

虽然做好了准备，可是在一切来临之时，我还是有些不能自持。

都是……真的么？

梁易涉一瞬间变成欢呼雀跃的样子，闻风的眼里也有些隐忍的惊喜，司寇长老脸上现出微微的笑容……

都是真的么？

都是真的吧。

那样真实，接下来的话，我已经听不清楚，但是唯一肯定的就是明天的封印大典，我将改头换面，成为全新的我了。

我心里好像松了一口气。

“那么，你们三个因为打架，不受到惩罚也说不过去。小涉，在这里抄写《冥世》五遍，明天大典之前必须抄写完成，不然你将会受到更重的惩罚。”

“啊！爷爷不要啊！”

“风，你虽然没有还手，但是你的举动造成你们的不和睦，去天王室思过，直至大典开始。”

“可是司寇长老，闻风他——”

“仓央碧若，你要成为一名捕魂者，就要有捕魂者的规矩，有些话藏在心里才好，不要事事都挂在嘴边。况且，你的惩罚我还没有说，你不要心急。”

“……”

“从今天开始，你要跟着我，就算是大典结束以后，你也要在未来的五年，留在这里学习一个捕魂者该学习的一切。直到你和他们一样，通过了考验，才能够回到沧溟时空和他们一起做任务。”

“爷爷，不要啊！我已经教过她很多了，她不需要留在这里的！”

“好了，小涉。你今天已经惹了很多祸端，你还要忤逆我么？就你教给她的那些，能和捕魂师们相提并论么？不要觉得自己天资聪颖，并且立下战功，就能决定我的意见。我是你们的爷爷，也是这个宇宙的首领。就算我平时和你们好言相向，也不代表你可以指挥我。好好抄写，想想你自己的行为吧！”

【四】

1

五年的时光，在中心度过。

我日复一日地跟着司寇长老学习这里的规矩，和捕魂师学习捕魂术，整个人也变得沉静下来了。

我永远都会记得两个日子，第一个，是我摆脱人类身份的那一天，也就是五年前的封印大典。

那是第一次，我见识到如此正式的典礼。

或许，是被他们的气势吓倒吧？

每个时空的镇魂者会在自己所在时空的那片云最前端，铺开一张光做成的卷轴，然后，上面浮现出一幕一幕捕魂者们捕获灵魂的场景，之后，是镇魂者气势磅礴的封印景象。

一想到自己未来也要和他们一样，混迹于人类生活，却背负着巨大的使命，整个人就会兴奋不已。

然后，是司寇长老的总结性陈词，之后，就是我的时间。

在转换的瞬间，我终于明白为什么捕魂者要么在很小的时候被捡回来转换，大部分都有着或多或少的天分，过程不会太痛苦，要么就是生在捕魂者的家族里，不需要转换。

那一瞬间的痛，真是常人无法明白的，更无法承受的。

作为人类时候的痛苦回忆，伤心的、不开心的一瞬间跳出脑海，从我生下来开始，一直到我来中心之前，那瞬间的痛苦超载，统统飘离我的身体。

接下来，是快乐、美好的事情，我不知道为什么，所有的记忆要分成这两类，如同电影的一帧一帧闪现在我的眼前，然后拔出我的身体。

最后，我所有的记忆融合成一体，19 位长老共同施法，我的记忆就全部展露在这些捕魂者的面前,所有人看着我的回忆,然后,在他们的检阅之下,长老们又把我的记忆分成了七类,在阳光的照射之下,这些记忆变成了一颗色泽光鲜的小珠子,就在我看得愣神之时,这颗珠子直抵我的心脏,我的心脏突然蹦出了我的身体,“啊!”那一刻,身体的疼痛,让我不禁喊出了声,我看见梁易涉几乎要跑出沧溟的范围,可是不知道是谁在那里围上了结界,没有人可以走出自己时空的范围。

我再看向闻风的方向。

他是皱着眉头的么?

看着我的心脏和浑浊的血液一瞬间的逃离,他的眼里也流露出了心疼的表情。

值了。

一切的所作所为不就是为了这一刻,他眼里的心疼,他的喜欢,我不奢求。

我快乐地闭上了双眼,享受着现在的感觉,因为很快,空洞的胸口被那颗珠子所替代,它不断地膨胀,终于变成了原来的心脏大小,更神奇的是它也会像心脏一样跳动!

可是,原本因为巨大的力量,我被高高抛在天空,可是当我再一次回到地面的时候,我变得神采奕奕起来,原来的回忆都像是不存在一般,我成了一个新生的我!

没有回忆的影响,血液里也迸发着能量,好像我一伸手就会发明一些什么出来。

原来,这就是闻风、梁易涉他们的感觉啊。

真是太过美好的真实,好像这一切都是假的一样,却无比地让我感觉自己存在着!

“那么,我们欢迎仓央碧若加入我们的大家庭,从此肩负起和我们一样的使命! 五年后,将回到沧溟时空和那里的捕魂者一起共事! ”

2

五年的时间,是一个女孩的青春。

当我终于再一次看到久违的梁易涉和杜伊然的时候,我甚至觉得已经过去了一辈子。

中心的沙漏,曾经跑得那么快,可是,这几年的速度就像是特意为我减慢了一般。

再次回到沧溟的我,不再是五年前离开这里的仓央碧若了,我看见他们“制造出”的另一个我,在江大里过着平凡女孩的生活,有一个稳定的男朋友,今年也要毕业。

我和梁易涉是在招聘会上看到“她”和“她的男朋友”的。

一直生活在这里的“她”脸上还有我五年前常常挂在脸上的笑容,会情绪波动明显,会因为被一家公司拒绝而噘着嘴和男朋友撒娇。可是——

可是现在的我,脸上就只有淡淡的表情了。

梁易涉在接我回来的路上就发现了这一点,还一边嚷嚷着,“伊然姐,你看碧若面无表情!就和闻风那小子一样!真是的,为什么你们一个个都要这样一副死相啦,我还是喜欢以前古灵精怪的仓央碧若啦!”

可是,有什么办法呢,我自己也轻轻叹了一口气。

他是不会理解的吧?我和他的处境毕竟不同,他的神经大条我却细腻敏感,就算是在那里只训练了五年之久,还是没有抵得过我这五年的遭遇。

不过,他又一次提到了闻风。

久违的名字。

在中心的时候,每天和新的捕魂者们睡在一起,常常会半夜叫着这个名字醒来,然后就是一连串等待着自己的惩罚。

那里的捕魂师,可真的不是徒有虚名,比人类学习里的教导主任还要严厉苛刻,每一个动作都要做到完美,否则就只能受到惩罚。

在一遍一遍抄写《冥世》的日子里,我失去了笑容。

好像已经很久很久没有人对我说:笑容是一个人最基本的表情了吧?

可是,我又回来了。

这是我曾经生活了17年的沧溟时空,我站在杜伊然和梁易涉在山峰上的宅邸落地窗前,手上捧着一杯刚刚打出来的黑咖啡,一点一点感觉着这个城市在我不在的五年里,点点滴滴的变化,心中还是无限感叹的。

这也是第一次,我知道他们的住所,也是第一次知道,原来在我不在的几年里,沧溟时空又多了几名捕魂者,分担了他们的重任。

在这个精致的山顶别墅里，原来有着穿越时空的结界。

当年，杜伊然选址的时候，这里还是唯一的结界，可是现如今，就在我逆转后的短短五年，这个时空又出现了八处漏洞结界，所以中心不得不增加了捕魂者的数量，现在另外的几名捕魂者也用这样的形式，在结界的附近建筑房屋，好在第一时间察觉到出逃的魂魄，在最快的时间内捕获。

杜伊然在我回来的第三天告诉我，捕魂者为了不被人类怀疑，必须融入正常人类的生活，这样才能装作若无其事，所以那一年，梁易涉才会以插班生的身份进我所在的班级。

而且，在不同的地方也可以监视人类的生活，若身边有出逃的魂魄可以尽快去搜寻，曾经他们两个一个在城南的学校，一个在城北的学校，因为我们现在守护的结界是在城市之北，而以前的魂魄出逃的路线都是以直线为主，他们就可以在城市的两头夹击，可是现在就不同了。

魂魄随着时间的变更，变得更加狡猾，还好现在的捕魂者数目增加，否则根本应付不来。

在我回来之前的日子里，杜伊然就好像十分肯定我能通过考验回来似的，早在一个月前就帮我投了一家公司的简历，于是在我回来的一周以后，我就在城南的一家软件公司里成了前台接线员！

对于这个职业我真的是非常无奈！

我曾经歇斯底里地问她为什么不问过我的意见就这样草率替我做了决定，为什么她就可以在城西的一家艺术工厂当画家，梁易涉就可以选择在江大读体育系的研究生，而我就因为之前五年的缺席就失去了这样一个选择的权利，要去做一个我不喜欢的工作！

真的是太烦人了！

可是杜伊然只是轻描淡写地说："因为最近中心来的情报，说是软件公司更容易接收到中心下达的指令，而我们这里还没有捕魂者在软件公司担任工作，所以就是你啰。"

真是气短。

没有人问她为什么不去啊？她现在可是沧溟年纪最大、资历最老的捕魂者，为什么她就不去那种地方，然后指挥我过去啊？

满肚子不爽！

所以在我上班的第一天，就因为对客户说话的语气太硬，而被扣了一个月的工资。

我真的很想告诉那个胖子秃头老板，你能不能一次性把我开除？捕魂者会欠缺这点工资么？我们伟大的伊然姐想赚多少钱就能赚多少钱，我们住得好吃得好，你没有发现我穿得比你老婆还精致么？这样给我教训，也不看看自己几斤几两！

整个人因为老板的训斥而变得很不爽，以致我出了门就忘记了回家的路。

满脸黑线的我不知道该去问谁，可能因为太久不在这里生活了，连最基本的技能都已经忘记，还有杜伊然装在我左臂的智能通话机，我也不会用。

就这样我走在公司附近的美食街，想看看有没有什么好吃的东西。

“呜……”

什么东西这么大声音！都影响到我吃东西的兴致了！

可是下一秒——

“哎呀,我一猜你就在这里！去你公司的时候,你老板说你已经走了,我就说来这里看看你会不会在。果真就算是在中心改变了心性,爱吃的性子还是一点都没有变！”

说得这么自以为是的当然只可能是梁易涉那小子,杜伊然那个大姐根本不可能来找我的?

我不回答他,拿起吃的就往一个方向走过去。

“好啦好啦，我感应到你迷路了，所以才过来找你！别生气了！”

“我气的是你的飞天摩托,吵了我吃东西的兴致。”

“我错了啦,女王大人!可是你这样也只能和我回去吧?快上来吧,不然回去晚了伊然姐要说了。”

“不要！”

我说得那么坚决,可是我没想到的是,下一秒,我噘起的嘴唇就这样被梁易涉吻住。

天旋地转。一瞬间我失去了思考的能力,也就是在我愣神的时候,这家伙就这样把我扛上了他的摩托,“呼……”的一声,我们就落在了杜伊然的别墅里。

心下无力,对于梁易涉的行为,我回到家第一件事就是一巴掌结结实实打在了他日渐帅气的侧脸，然后在杜伊然生气的喧嚣声中，抛下一句“我不吃饭了”，就回了那个属于我的房间。

天花板是天空的影像，因为还没有入夜，所以只有一大片的火烧云。

我躺在那个好像海洋一样的水袋上，独自看着头顶。

在这里的记忆被抹去了。

我不记得很多事情，可是又记得许多的细枝末节，就好像我的生活主干被谁抽走，只剩下一树的枯叶，零散地拼凑出一些轮廓，还是想不起很多。

我记得那个叫闻风的少年，好像吻他的那一年是我最初的记忆。

然后，就有了梁易涉，有了杜伊然，有了太多太多奇怪的东西。

我没有力气去细想，就被拉进了一个巨大的旋涡，我开始变成不一样的自己，能知道在改变，却不知道因为什么而改变，也不知道自己改变前的样子。

手开始在空中飞舞，不一会，一个少年的侧脸就浮现在我的面前。

“闻风……”

我不自觉地就叫出了口。

门外有一点响动，我定神一想，是梁易涉。

不知道他站在那里多久了，又看到我内心的多少呢，真困扰。

“梁易涉，不要再想洞察我的心，有事情就直说吧！”

“若……”

这是他第一次只叫我名字里的一个字，这小子，真是欠扁了，只有最亲密的人才能够叫名字里的一个字，不是家里人就只能是情人了，可是他什么都不是！

“别说我什么都不是好么，我很想成为那个你最亲密的人，不管是家人也好，还是情人也好，我想这一生的时光都陪在你的身边，让你成为那个最幸福的人，我会给你很多很多的快乐，我们并肩作战，不好么？忘了闻风吧，你和他注定是两个时空的人，在我们生活的宇宙里，这是注定不可能的事情。你们两个注定是一场叹息你知道么？而且，闻风他……他不会爱上任何一个人的，所以，在我身边不好么？”

什么叫闻风不会爱上任何一个人的？

这句话到底是什么意思？

为什么一个正常存活在这个宇宙里的个体，不可以爱上另一个体？

连最基本的动植物都可以爱上一个同类，我和闻风现在都是捕魂者，为什么，为什么不可以？

“我知道你现在有很多的疑问，但是我们都不可能告诉你闻风身上发生的事情，就当是我劝你，为了你好，你就放弃吧，闻风注定不可能和你有结果，他冰封的心，只会把你伤得毫发无伤，可是我就不一样了。就算真的是双生的双子星，我也是那个 α，闻风才是 β，跟着我，我会给你整个宇宙。就算我无法拯救世界，但是我可以拯救你的一生。”

“别说了！”我尖叫着捂着耳朵，头不停地晃动，好像要把他所说的一切都抛出去一样，“梁易涉，你给我听好了！我，仓央碧若，如果这一生都不可能和闻风在一起，那么我也不会和你在一起！你自私，懦弱，幼稚，啰嗦，这样的男生是不可能给我一生的幸福快乐的，我要的男生，要成熟，稳重，而且一定要是最优秀的那一个，你，什么都不是！双子星的命运，是 α 星的光芒要笼罩住 β 星，和闻风相差一万倍光芒的你，怎么可能是我所喜欢的男生呢？别再痴心妄想了，看看摄魂捕猎的结果，你连一个小姑娘都不如，有什么资格和我说这些！”

“……”

长久的沉默，连我自己都不知道头顶上的星空已经闪烁了多久，这个男生突然用一种从来没有过的颓败的声音对我说道："即使是那个永远被笼罩的 β 星，他也有一个执着的存在。碧若，不管要用多么久的岁月，即使是我们都变成了魂魄，我都一定会等下去，等到有一天，你看到了即使是最微弱的我发出来的光芒，这个光芒一定会在你的人生里照耀你，温暖你，就算是注定要被抛弃，也会不离不弃。”

说完，我听见他离开的脚步，之后，我感受到了杜伊然的哭泣。

为什么，就算是高于人类一等的捕魂者，也会这样被感情左右心情，都是那么骄傲的人，却可以低下高昂的头颅，只为了一段不可能的感情。

这样，真的值得么？

我不知道，我看着那一片亘古不变的星空，努力地寻找着天狼星的所在。

是不是真的，在那颗肉眼可以看得见的星星旁边，真的有一颗陪伴它、衬托它的星星默默无闻地存在吗？

那么闪耀的星,知不知道自己盖过了那个陪伴自己万年的唯一的兄弟的光芒么?

它,会痛苦么?

“是——会的吧。”

【五】

1

很长的一段时间,我都不敢面对梁易涉。

我做着平淡无奇的工作,往返于家和公司之间。

我不和任何人交朋友,午餐时间总是一个人默默地坐在一个角落,看着落地窗外来来往往的车辆,行色匆匆的行人,心里总是有一种久久的惆怅。

曾经,我也是他们中的一员。

可是现在,我和他们不同。

捕魂者没有一颗血肉心脏,而是那颗珠子。

每个时空的捕魂者的珠子是不一样的,跳动的频率也不同,所以每个时空的捕魂者都有一种共同的能力异于其他时空的捕魂者。

这就是为什么我不可能和闻风走到一起的原因吧。

可是司寇长老曾经说过,我的珠子的颜色和任何一个时空的控魂者都是不一样的。

锦华时空的珠子是金色的，橡豫时空的珠子是木色的，沧溟时空是蓝色，烛照时空是红色，最后坂岭时空是褐色。

独独我，连长老们的珠子都和我不一样，是透明的。我是全宇宙唯一的心是一颗透明珠子的捕魂者。

这也预示了我和其他人的不一样。

可是不一样在哪里，连长老们都说不出来。

时间可以在下雨的时候定格，是我回到沧溟之后才发现的事情。

那天下着滂沱大雨，我依旧坐在那个角落，习惯了身边公司的小职员们对我议论纷纷，很多人都说我是怪物，我总是不屑，对他们来说，心脏是一颗透明珠子的人，被人称作怪物也不奇怪吧？

可是这个夏日炎炎的午后，我喝着奶茶，突然不想再听到他们叽叽喳喳的吵闹声，索性在心里念叨着：为什么不可以住嘴呢，世界太吵了啊。

然后下一秒，身边的一切噤了声。

没有了叽叽喳喳的谈论声，甚至连走动的声音都不再，我看着食堂里的人类，竟然都停住了一般。看着那个和我一样坐在前台接线、却浓妆艳抹的另一个女孩，她的样子可真滑稽啊，一口牛奶放在嘴边三厘米的位置，还没有到嘴，她旁边的另一个男职员正夹碗里的一道菜，也悬在了半空中，还有食堂盛饭的大叔，帮别人递着碗盘，那个人伸手去接，却差一点。

我站起来，玩心大起。

我走到那个女生身边，把瓶子拿远了一点，角度也到了可以倒出来的地步。

把对面的那个男生的筷子掰开一点，然后走到大叔的面前，让盘子悬在了半空。

心里默念：恢复吧！

可是没有反应。

难道不对么？

试了很多种不同的说法，让他们恢复原状，可是，怎么样都不行，我一下子慌了神。

“仓央碧若，你在搞什么?！”

“伊……伊然姐啊。你怎么来了？”

脸上玩乐的笑容一瞬间凝结，变成了一个非常纠结的样子。

后面，居然还跟着梁易涉！

“伊然姐别生气，你没看到碧若露出了久违的笑容么？我觉得偶尔让她玩一次没什么不好的啊！”

“不好你个头啊！”一记爆栗结结实实打在梁易涉的脑门上，我分明听见了“哎哟”一声，然后看见他用一个奇怪的姿势捂住脑门。

“仓央碧若，你在中心五年的时间，没有人告诉你，在雨天我们是有能力让时间停住的么？我先不和你解释这么多，时间久了整个沧溟都会出大事的。你只要记住了，下雨天，不要随便让人闭嘴或者时间停住什么的。”

下一秒，他们消失了，定格的时间也解开，人们恢复了正常。

那个女生的牛奶洒上了工作服，男生的菜掉在了西裤上，大叔手里的盘子就那样碎掉。

不知道为什么，心里没有刚才的快乐，空荡荡的。

明明恶作剧成功，却没有预想中的兴奋，是不是因为自己能力的不够呢？

梁易涉终于开始每天下班来接我回家了。

他和我说，雨天的时候我们不能乱说话，从很久以前开始，雨天很难执行任务就是传统，很多次在雨天魂魄隐匿在雨中，连宠物都嗅不出味道，最后搞得五大时空一齐出动就为了抓个小魂魄。

所以自一千年前开始，中心的长老们就把自己的这项定格功能加以改造，传授给我们，时间久了，自然而然，就混入了我们“心脏”，每个捕魂者都可以因为特殊原因在一个标准分内定格时间，然后抓到魂魄，立刻恢复。

如果整个时空的时间定格超过一个标准分，就会和其他的时空时间脱节，结界会出现裂口，造成过多的魂魄出逃，引起不必要的灾难。

所以，要不是为了执行任务，没有人会启用这个技能。

而我在不知情的情况下犯了这个错误。

梁易涉还特地告诫我：因为我“涉世未深”，才刚刚回到沧溟，所以在五年之内都尽量避免使用这个技能，因为很有可能再出现今天这样恢复不了的局面。

我不知道为什么梁易涉今天打破了我们俩两星期都没有说过话

的僵局，也许是因为我今天的笑容吧，又给了他信心？

也不知道为什么，我还是不能自如地读到他们的心，只能在一些特定的时间，看到他们的想法。

就像上一次，我和杜伊然的房间是房子的两边，可是我却感觉到她在哭泣。

我已经很久没有和他们一起吃过饭了。

今天我关上房门之前，梁易涉的手搭了上来，“一起……吃饭好么？”

回来之后的第三天就因为和梁易涉吵架，和杜伊然置气，我错过了吃饭的时间。

然后，就一直到了现在。

我没有再坚持，毕竟每天抬头不见低头见的人，如果一直这样下去，关系会越来越僵吧？就算是不爱，我已经说清楚，没必要躲藏什么。

于是，我重新打开门，接下来我看见的是梁易涉欣喜的表情。

“不是要吃饭么，还愣着干吗？”

虽然有些忍俊不禁，还是故意凶巴巴地对他说话，我不想再让他对我有什么幻想了。

走下楼就闻到了饭菜的香味。

总的来说，杜伊然这个女人还是上得厅堂下得厨房的，我不知道梁易涉到底能不能看出她的心思，如果他能用对我的心去对杜伊然，我想，他们一定是非常幸福的一对吧？

虽然他们每天也是打打闹闹，可怎么看都是其乐融融的，反倒是我，像一个闯入者，介入了他们原本的生活，抢走了她的男孩，所以她讨厌我是可以理解的吧？

“要吃饭就不要胡思乱想，我不讨厌你。”

“啊……”脸瞬间变得通红，一边的梁易涉还咬着叉子一边好奇地问着我们两个：“你们说什么呢，说什么呢！”

被杜伊然搞了个大红脸的我用刀子敲了敲梁易涉的盘子边缘，“吃你的饭，今天煎的是你最喜欢的十分熟小牛排，特意烤出了一道道烟印，还浇上了你最喜欢的3878年制造的法国葡萄酒汁，你还有心思问这问那啊！”

“哈哈，你怎么看出来这么多的啊，你的和我明显不一样呢！”一副欠揍的表情，我才不想理他。

其实，我自己也不知道答案。

也许是我之前的记忆吧，可是空白一片。

刚刚的一番话也是随口说出。

接下来，更让我惊讶的是，在梁易涉问我我的是什么的时候，我居然准确无误地答道：“我的是五分熟的肋眼牛排，上面是普通的巴西烤肉酱，应该是这两年内买回来的，味道已经没有那么浓郁，还是有一番风味。旁边的蔬菜是今天早上刚刚从地里挖出来的，刚刚长了两个月的小白菜，对吧？”

“哦……”这个是我说出来的。

看着梁易涉和铜铃一样大的眼睛，杜伊然却显得那么淡定。

“小涉，你别理她，她知道是自然的。”我们两个人的目光都集中到了杜伊然的脸上，等着她的下文，“因为她‘转换’之前，父亲是七星级酒店的主厨，母亲是著名美食杂志《品味》的编辑，所以她知道这些事是理所应当的。”

说完，她开始仔细吃起煎老了点、配料和我一样的牛排。

杜伊然为何知道我的身世，我曾经想打听，可是她拒绝了。

她告诉我，如果我一心想要成为捕魂者，那些记忆就是没有用处的东西，如果我执意打听太多，我的能力就会被削弱。

我现在的武器，之前一直没有提到，是因为我回到沧溟之后，就没有用过了，那是一枚做工精致的暗器，在薄薄的一片类似于十字架一样的铁片上雕有很精致的樱花的暗纹，在整个暗器的中间，是一个非常奇怪的洞，说不清是什么形状，就好像是为了什么东西可以合并而特地留下的地方一样。

杜伊然告诉我，这是“记忆樱花镖”，一个女孩子拿着镖这种暗器看起来那么奇怪，但这确实是为了女生特地打造出来的镖。这支镖的上一次出现是一万年前，奇怪的是，这支镖只有特定的回忆可以让它现身，否则它就是“地下兵器库”里一个虚幻的存在。

万年前出现的“记忆镖”一共有两支，除了“樱花镖”，还有一支是“冰风镖”，后者是专门为男人打造的。

《冥世》中曾记载：在金童玉女出现之时，两镖会合为一体，一同救世人于水火。

那么现在的“冰风镖”在何处呢？

杜伊然说：她也不知道。

可是她隐约有感觉，万年前的“樱花镖”现在落在我的手里，就一定有不寻常的事情要发生，所以我们每个人都不能掉以轻心。

不知道未来的我，其实是很担心的。

我才22岁，对于捕魂者比人类长出无数倍的生命来说，我还是很小的年纪。

可是我真的要在我肉身1000年的生命里背负起什么重要的使命么？

这真的是太难了，也压力太大了吧？

况且现在的我并不知道，另一支镖在谁的手里，那个和我注定在一起的人，反正不是梁易涉就对了，可是又会是谁？

难道我的命运就是这样，注定要被别人玩弄在股掌之间，不能自我控制么？

我心下一片茫然。

原来，捕魂者也不是那么好当的啊。

2

回沧溟之后，第一个任务出现在和他们一起吃饭后的两天后。

那天看起来平淡无奇。

我顶着炎炎夏日的大太阳，坐在梁易涉摩托的后座，一起去上班。

可是到了公司的门口，我们两个同时收到了杜伊然发来的警报，说在城西的一所小学里，发现了从橡豫时空和锦华时空一同出逃的魂魄。

梁易涉以最快的速度帮我请了假，然后我们迅速赶到了现场。

大家都整装待发，就等我们两个了。

我从梁易涉的车上下来，愣在当场，连头盔都忘记摘下。

是——闻风。

本以为在我出师的那天，如果他对我有那么一点的喜欢，都会出现在中心和梁易涉他们一起，为我接风洗尘。

可是后来也没有见过。

五年过去了，他的个子已经长得比梁易涉还要高，估计要有 1 米 85 了，整个人的脸庞更加消瘦，头发已经剪短成了板寸，手上的静脉根根分明。只是身上散发出的冷气，愈加明显了。

在他身边的是另一个小捕魂者，和他穿的衣服相似，想必也是从橡豫过来的，武器是一根长长的木杆。仔细一想，在中心的时候曾经见过这个男孩，可能因为比我早在那里学习，所以两年前就没有再见，应该是出师了吧。

锦华就来了一个卢妃凡希。

这个女人脱下了白袍，身着一套女战士的装束，头发高高地扎在头顶，手上的长剑似乎围绕着金黄色的雾气。

我们分别点头示意，下一秒，很多年都没有见过的令狐长老出现了，我记得他是沧溟的右护法，可是，没有在封印大典上见过，回来之后也是第一次见到，听梁易涉说，他好像已经闭关十年了，可是为什么？

令狐长老的眼神有一点厉色，他阻止了向他鞠躬的众人，然后用一种相当严肃的口吻开口，“孩子们，这次的任务特殊，两个时空的魂魄一同出逃是前所未有的情况，也就说明，我们的结界正受到威胁。从橡豫逃出的十六个魂魄中有从中心塔出逃的一个罪大恶极的魂魄——薄奚，曾经在万年之前出逃过一次，造成了宇宙大乱。这次他带领出逃的魂魄都是他这些年来用意念操纵的傀儡魂魄。抓他十分凶险，你们必须先在一个沧溟时内抓到所有两个时空出逃的魂魄。因为一个沧溟时之后，烛照、坂岭也会相继有魂魄出逃来这里，届时，五大时空的捕魂者都要聚集到这里，其他四大时空的防卫能力减弱，很可能造成一次巨大的攻击。”

每个人的脸上都是一副严肃的表情。

刹那间，众人四处散开，我没有反应过来的时候，梁易涉已经带我弹出千里以外，并抢先出手用封条逮了一只魂魄。

“碧若，别慌！这是你第一次执行任务，所以不在数量多少，重要的是一定要用你手中的‘樱花镖’暂时封住魂魄，最后交给各个时空的捕魂者，让他们带回自己的时空处理。在这期间，也有可能出现我们本时空的魂魄，你也要竭尽全力，确保它们被暂时镇压在你的武器内部，不要一时贪多而最后放走了所有。”

是杜伊然，她正和卢妃凡希一起在这个学校以北行动，却还能不忘给在东部执行任务的我一些提示。

我心里有一丝温暖。

可是下一瞬，我就立刻恢复了备战状态，因为，我手中的镖已经感觉到了魂魄的接近,低声发出“呜呜”的响声。

我回想着曾经学过的捕魂术,先压低身体,眼睛要扩大成360度的视角，耳朵要在平时的可听范围之外多增加上下2万赫兹的可听度。

——这一切都要通过吸收我手中武器的力量达到。

我静静地站在原地,感觉到有魂魄从我的正前方过来,手中的镖响更甚,可是,还不是时候!

对,要在身体范围的十米之内才能念出咒语抛出手中的镖。

于是,耐心地等待,等待,等待。

可是为什么,我还是感觉不到!

感觉不到越来越接近的感觉,是怎么回事?

这个技巧明明练习了多年,怎么会在第一次实战的时候感觉不到魂魄和自己的距离?

天啊！这个是曾经师父所说过的不可控情况,是会出危险的!

没办法了,照着刚刚感觉到有魂魄的方向,我念出了咒语,抛出了手中的镖,可是,没有回来!

不可能,不可能！明明按照以前的方法,在我抛出镖的两秒以内,镖应该回到我的手中,这个时候,这个魂魄就已经暂时封印在了我的武器里的啊！怎么会!

“危险！”是——闻风?!

他怎么会出现在这里，他不是带着那个男孩在南边执行任务么?

我记得令狐长老害怕我们偏离方向，所以在正东、正南、正西、正北的交界线处布下了结界，防止负责不同区域的我们错乱了方向。

可是——

我看见他手中的那个东西飞出去，“欻欻欻”三下，就好像碰到了什么东西，然后再回到他的手上，那种有魂魄在眼前的感觉，已经消失了。

是——他，救了我？

好像是的呢。

我看着他，那样挺立的鼻子的弧线在阳光下熠熠生辉。

“你的武器被魂魄吞噬，在我封印之前是拿不回来了。快点回家去，伊然姐的宅子，有庇佑的能力，否则待在这里就太危险了。”

说完，我就回到了自己的房间。

很奇怪，我的天花板上居然出现了另一番景象，是他们分别在执行任务时的场景！

璀璨的阳光下，他们挥汗如雨地施展着自己的本领，另外两个时空的捕魂者也已经到来，加入了他们的行列。

看着他们如此努力，我感到自己是那么卑微。

为什么，只有我做不到？在第一次实战中我还失去了自己的武器。

到底是为什么？

把头深深地埋进肩膀里，我无声地哭泣起来。

好像已经过了很久很久，只是两个沧溟时的时间。

天花板上归于平静。

捕魂者们一一回到自己的时空，疲惫的梁易涉和杜伊然也回到了宅邸。

我知道，薄奚没有被抓住，但是他们已经尽了全力，封印了其他的小魂魄。

我强忍着自己的不适，走下楼去，按照杜伊然教过的方式，开始为他们煲人参汤。

记得是杜伊然告诉我，身体虚弱的时候，人参鸡汤是最助于恢复元气的。

看着两个比我能力强大很多的两个人四仰八叉地躺在沙发上，心里的无力感一波一波地冲击着我的头脑。

是，累赘吧。

他们的累赘。

明明说好了要努力成为一名称职的捕魂者，最后还是失败了么？

“别……泄气。”

是杜伊然的声音！

我猛地回头，发现一脸疲惫的她正努力地举起手，抬起头，看向我！

我飞快地走到她的身边，抱起了她的上半身，让她躺在我的膝盖上，“伊然姐……”

“碧若，别泄气……你……会变得强大起来的。小涉喜欢的人，怎么可以轻易地垮掉呢？你，注定是这个宇宙的救世主……”

话毕，她就陷入了昏迷。

原来，捕魂者也是会受伤的。

这是我第一次知道。

被魂魄攻击的他们浑身上下都是血，气息也非常微弱。

我喂了一点鸡汤给他们，正犹豫要不要给他们擦拭身体、包扎伤口的时候，有人敲门的声音。

这是我住到这里之后的第一次，因为从来没有人会敲这的门。

人类不会，这个时空的捕魂者要来也是忽然出现在客厅，那么到底是谁？

3

我跑过去开门，万万没想过来的人居然是闻风！

是的，我都能想象得到看见他的时候自己脸上的表情。

嘴张得可以放下一个鸡蛋，眼睛瞪大到血丝满布，最夸张也是最丢人的是我大喊出来的声音。

我看见他微微皱眉，用小指掏了掏耳朵，估计是被我吓到吧？

"我能进来么？"

"啊……啊！好啊！"

我闪到一边，让出一个人的距离，让他进来。

明明刚刚进行过激烈的战斗，他却像没事人一样，穿着白色的西装，脖子上的蓝色领结真让我有些不寒而栗。

他好像也并非第一次到这里一样，径直就走到沙发前。

看见他们两个人的姿势，他只是轻轻叹了口气。

“你来……”

“我是给你送这个的。”

右手的指尖是我的——“樱花镖”！

“这……今天真的很谢谢你，在我有危险的时候出手相助，还帮我拿回了樱花镖……”

“举手之劳。他们，没事吧？”

他眼里有一点的柔情，是少有的，看来很担心这两位吧？

“没事，就是……我不知道要怎么帮他们治疗啦。”脸上一副无奈，手也不自觉地挠了挠已经及腰的长发。

他也不多解释，就抬起了梁易涉，向楼上走去。

“唉……”

“没事，我帮他包扎。伊然姐，就拜托你了。一会我会下来帮你，把她抬到自己的房间。”

“啊……哦……好的。”

今天的闻风，好像和平时很不一样。

在处理完他们两个之后，我留他喝了点鸡汤。

虽然我的手艺不及杜伊然，但是他并没有反感，我松了一口气。

可是一整天，他都欲言又止的样子让我很介意。

总感觉，他看我的眼神和五年前不一样了，可是又说不出哪里不同。

可能因为缺少了凌厉的感觉吧，而那种命中注定的无奈，更加真实，让我看不透。

晚上，我留他住宿，也被委婉地拒绝了，在确定杜伊然和梁易涉没事之后，已经是夜里十一点多了，他说，他也要走了。

我送他下山，借口是从这里看夜景太美丽。

他没有拒绝，虽然，我也想过，对这里如此熟悉的他，是否早就看过夜景也未可知。

走之前，我突然拽住了他的手，“闻……风。你的眼里是什么？”

终于还是问出了口，我却出乎意料地带着一丝哭腔。

“……”

张开嘴，却没有说话，我想这就是他的回答了吧？不想回答的回答。

泪水沿着脸颊滴滴答答地落下，没入脚下的土地，再寻不到。

一只冰凉的手就这样覆盖上来，抹去了眼角的湿度。

“别哭。别再问我相同的问题。小涉，是个好男孩，试着爱他吧。”

说完，又是一阵光出现在他的身后，我想抓住他的手，却抓不住，很快，他就像没有出现过一般，消失在我的面前。

就像，很多很多年前，他消失在我的面前一样。

无力地坐了下去，眼里的泪水奔腾着，我却忘记去擦。

感觉到有人走过来，用一张毯子披在我只穿了吊带的肩上。

是梁易涉。

“你看，天狼星边上有个微弱的光芒呢。”

循着他的食指向天上看去。

是的，闪亮的天狼星旁边有一颗微弱光芒的星星，就算是被挡住了光芒，还是努力地发着光，好似想要为别人证明着什么一般。

“就算是B星，也会很努力的，很努力的，去发光呢。”

【六】

1

日子不咸不淡地滚动着岁月的尘埃，一点一滴，奔赴未知的明天。

连续请了一周的病假，我和公司谎称自己得了“抑郁症”，主治医生建议在接下来的一周里需要治疗。

我一个人，躺在房间里的波斯地毯上，日复一日地看着星云变幻。

不吃不喝，不眠不休的原因只有一个——我想看清楚那双生的天狼星。

在白昼里，人的肉眼是无法观测星星的存在的，可是捕魂者的眼睛可以看到一万光年以内的东西，所以我才可以这样大胆地在阳光里观看外太空的星星们，和它们闪烁的程度。

我反复琢磨着那天闻风离开时对我说的一字一句。

曾经，梁易涉、杜伊然都劝过我相似的话。

可是究竟是为什么，那么多的人想让我和梁易涉这个毛头小子在一起，我百思不得其解。

我知道这小子对我的心思，应该说所有认识他的人都知道他对我的心思。可是我对他别无他想。

从一开始到现在，我想要在一起的人就只有那个橡豫时空来的少年，认识他十年来，我们见面的次数屈指可数，他也曾经对我冷若冰霜，拒我于千里之外，可是不知道为什么，我的心还是那样坚定不移，就好像是扎了根的老树，终于换来了那日片刻的温柔，让我的内心也有了一丝的安慰。

我承认梁易涉和他是两个截然不同的人，他对我太好，真的如他所说，他用仅有的光芒给我温暖。

我感受到了他的爱，可是我无法回应。

在寂静的夜里，这个房子里的三个人都在细碎地哭泣。

杜伊然为梁易涉，梁易涉为我，而我一半是为了悲哀的自己，一半为了闻风。

无数次我哭倒在地毯上沉沉地睡去，然后梦见那年的那个雨夜，我在那片传奇的记忆里偶遇了那个让我倾心的少年，我大胆地去吻，却还是无法阻止他消失在我的眼前。

然后，我为了他，苦苦地学习，终于成了一名捕魂者。

一觉醒来，一片濡湿，就这样无声地掉了太多的泪水。

没有人会知道我在那个所谓的中心遭受了什么，我听说很多人在那里的残酷，他们互相厮杀，在一年的考核中只能存活下来十个，进入自己的时空继续生活下去，我也看到了他们的厮杀，那样残酷，一个个十岁的孩子,要去和自己的至亲打拼,输掉的孩子就只能被封印到中心塔的底层,永世成为塔底最低级的魂魄,防止中心塔里的魂魄冲破结界,跑去中心花园之底作乱。

那样的哭喊,是我此生难忘的声音。

很多很多人,高亢嘹亮,有着深深的绝望,最后都归于了平静。

我和所有人不一样,我是由中心最好的捕魂师车杨师父单独带出来的子弟。

车杨是近百年来最好的捕魂师,由他带出来的捕魂者在厮杀中都会有很好的表现,因为他专攻多人对打,所以很多孩子挤破了头也一定要抢去他的训练地盘。

在正常的训练中,不会有任何一个孩子完全由一个捕魂师训练,他们和人类的学校一样分门别类着不同的训练,每一种训练都会有十几个捕魂师,他们分成一个班一个班一样的单位,在同一时间,上着不同老师的课,在最后出师前的一年才会一个班交由三个捕魂师带着训练厮杀,等待命运的宣判。

我这五年,几乎每天和车杨师父同吃同住,形影不离,司寇长老带走我之后,他就把我交给了车杨师父。

从挑选武器,到知识讲解,最后的练习,还有厮杀,都是他陪着我,一步一步走到了今日。

看上去我会比别人少吃很多的苦,却没有人知道,这个赫赫有名的捕魂师居然会对我做那种事情。

“咚咚咚！”

敲门声扰乱了我的回忆，我收起了心思，定睛一看，这一躺，一天的时间过去了，太阳都已经快要落山，门外是刚刚回来的梁易涉，连摩托手套都没来得及脱下，就来找我了。

“碧若，还难受么？你已经三天没有出来吃饭了，我带了你最喜欢的小龙虾，你快出来吃一点吧，这样身体熬不住的。”

小龙虾……

好遥远的东西。

梁易涉是怎么知道的呢？

在遇到他们之后，我几乎就没有吃过了，虽然一直很怀念，但是也只有忘却，事情一桩接着一桩，每次当我走到那样一个小摊前，想买一些来吃，却发现自己已经过了坐在路边吃龙虾又不在乎别人眼光的年纪了。

或许，是梁易涉看到了我的内心吧，就这样温柔地翻看着我心里的每一页，所以想了这个方法来讨我开心。

很不巧的是，很多天没有进食的我，想象了一下那美味，就没有抵制住诱惑，应声答道：“我没事，你先下去吧，我换身衣服就下去！”

好像是听到我的回答很开心的样子，那个傻子居然也屁颠屁颠地说：“好嘞！我这就下去准备，等你下来吃哦！我买的可是现在全城最著名的那家天府缘的，不管是虾子还是味道都是人们津津乐道的，我还是昨天在网上查了半天才发现的呢！以前我和伊然姐从来不吃中餐的，更不可能吃街边小摊，所以这些小摊吃食，也是你来了之后我才了解的……”

啰啰嗦嗦一大堆,不知道为什么,在我走到楼梯最后一级的时候,这个家伙的话就说不下去了,手上端着的盘子,随着声音的消失直直地掉了下去!“啪”一声,就砸了个稀巴烂。

“啊——”

这个发出惨叫的是我,因为我看出来,他拿在手上的盘子不是别的,正是杜伊然前几天带回家要研究的唐代汉白玉盘子,这个家伙居然就这样拿出来给我吃龙虾,更可怕的是,他把它砸碎了。

“啊啊啊啊啊,不好了,砸碎了东西,今天又要罚我洗衣服了,怎么办怎么办,碧若你快过来帮我收拾一下,伊然姐还有二十分钟要回来了,看能不能毁尸灭迹!”

我无奈地摇摇头,一副恨铁不成钢的痛心疾首状。

我走到梁易涉的身边,拍了拍他高我半头的肩膀,“梁易涉同学,就算你现在收拾干净了,她回来也不会放过你的,你就等着吧。”

然后我又面带苦笑地摇了摇头,不去理他,自顾自又拿了另一个盘子出来,剥我的龙虾吃。

梁易涉依旧是不放弃,坚持戴上手套开始捡碎片。

我很想告诉他这么做没什么意义,但是想想一会能有好戏看,我就收住了我的话。

果不其然,杜伊然还没进家门就听见了她的震天吼。

“梁易涉!有种你不要动,就待在原地,知不知道你闯了多大的祸?!”

好的吧,我承认我的耳朵已然震聋,连我吃着龙虾的动作都停了下来。

下一秒,我就看见杜伊然扯着梁易涉的耳朵站在我的面前了。

“梁易涉,你知不知道这个盘子是什么东西啊?就给我随随便便打破掉!唐代的汉白玉啊!唐代的啊!你姐姐我好不容易挖出来的你知道么?过两天还想拿去鉴定呢,你知不知道这东西真的是你姐姐我的就火了!哪还需要求着别人买我的画啊,人就自动找上门了!”

我坐在一边边吃着美味,边看着好戏,一不小心就得意忘形笑出了声。

“仓央碧若!”心下暗自叫了声不好,真是幸灾乐祸过了头,结果就把本性露了出来,这下惨了,“我那天拿回家的时候不是告诉过你了么,小心再小心,你怎么不告诉这小子啊!”

“呜……伊然姐,我不知道你没有和他说啊呜……他和你的关系,嗯,这么好,我以为你会第一个告诉他呢。”

我使劲眨着两只大眼睛,水汪汪的一副无辜样,还适时地眨巴了两下,以示我的无辜。

“吃吃吃,就知道吃!一个个都是废物!我天天伺候你们两个,你们今天自己解决晚饭吧!梁易涉,你从今天开始禁足两周,敢给我逃跑一个试试……”

“轰隆”剑拔弩张的气氛之下,突然传来了一声巨响。

起初,我还以为是杜伊然的火气太大,把天花板震了下来,后来觉得不对劲,魂魄在接近!

“不好,结界!”

2

巨大的震动来源居然是久久安定的结界之门，它位于这个家的第三层，那里没有住人，是害怕有魂魄自己跑出来攻击到熟睡的捕魂者。

可是这一次不同，几万年来，结界之门都没有发生过今日的晃动，梁易涉和杜伊然也不敢掉以轻心，各自拿出了武器，一点一点逼近通往三楼的楼梯。梁易涉一手握住杜伊然的左手手腕，以免她开门之后发生意外，一只手拿着他的封条，护在我的胸前。

可能我的武器和我心有灵犀吧？

在震动开始发生之时，我还没有从震惊中晃过神来，它就已经自己跳到我的手中，并发出低低的嘶吼。

这是它碰到魂魄时的反应，然而今天就如那天在那所学校一样，低沉的嘶吼里有一种呼之欲出的冲动，就好像一只久饿的猎豹，终于看到了猎物一般，就这样蓄势待发。

滴答，滴答，滴答。

我听见沙漏的声响。

扑通，扑通，扑通。

这是我们三人整齐的心跳。

连呼吸声也充耳可闻，可是没有人敢轻举妄动。

震动越来越大，再拖也没有胜算了，于是杜伊然一把打开了通往三楼的门，下一秒，我们就被巨大的冲力，推下了楼梯！

痛，好痛。

我揉了揉受伤的腰部，眼睛却被亮光照得几乎睁不开来。

如果我没有判断错，把我们三个推下楼的冲力是突破结界的魂魄，只是普通的魂魄是没有这么大的冲击力的，那么，只有一个可能——他又来作祟了，薄奚，那个古老的恶毒魂魄。

终于，我渐渐睁开了眼睛，可是，这是哪里？

并不是我所熟悉的城市，就连吹过来的风都没有温热的感觉，而是有些淡淡地刺骨，这是哪里？

一望无际的农场，有牛羊的叫声，远处传来车子的马达声，伴随着流利的外语，这里甚至不是我所在的国度。

我在哪里？

空气里飘散着红酒的香味，我努力站起身去，向最近的农场挪动，终于在天黑之前，敲开了一家农舍的门。

出来开门的是一个六七十岁的极胖的女人，她说着我听不懂的语言，但是大致可以判断出来，是法语，有几个听过的音符。

我试图用英语和她交流，可是无果。

感觉已经穿越了时空，虽然不能判断这是哪个时空，我还是可以清晰地感觉到。

想起我所认识的身居国外的捕魂者，或许只有卢嫣然，确认自己身处法国，那么我唯一可以求救的也只有卢氏家族了，他们世代生活在法国，却保留着自己祖先的姓氏。

于是，我向老太太连说带比画，终于用我的水晶项链和她换了点钱币，坐车去城里。

卢家就算是在国外，也是大家族，所以按照杜伊然说的只言片语，我居然真的找到了他们坐落在塞纳河畔城堡一般的宅邸。

水晶铸造的墙壁和大门，一切好像都是透明，却并不能看到里面的样子，不得不感叹卢家在世人眼里水晶大王的称号，怪不得我刚刚给老太太项链的时候，她二话不说就给了我这么多钱，看来杜伊然给我的这个项链，也是出自他们家的产业吧？

我和门房说明了来历，或许是卢嫣然看到了我，在我才刚刚走进这所宅邸，感叹它之大、之美的时候，她就已经来到了我的面前。

“你是沧溟时空来的仓央碧若吧？为什么会来我这里呢？”

“说来话长，其实，我都不知道自己为什么在这里。”

这个女孩看起来凌厉，却在短短时间的相处中发现，她也就和十几岁的姑娘无异，俏皮可爱，还不谙世事。

从她口中得知，现在的卢氏家族的产业是由她的爷爷在管理，爸妈都在公司里任职，几个哥哥姐姐也是同样。

可是在魂魄出没的时候，他们也会全家联手一起抗敌。

这次她只邀请我喝了他们家独特的红茶，就匆匆和她姐姐卢沁然一起，带我回到了中心。

卢沁然是卢家的四女儿，只比嫣然大两岁，在家中上家庭教师的课程，才有时间把我们带过来。

中心殿里只有司寇长老、梁易涉、闻风、杜伊然，还有兰迪。

看起来，他们也是被冲击到别的时空，然后被带回来的样子。

司寇长老只是几个月不见，白胡子居然已经拖到了地面有一尺的距离，这样惊人的速度，只有一种可能，我们的五大时空一定发生了什么大事，让一向面带笑容的他愁眉深锁、胡须飞长。

“这么说，小涉、碧若和杜伊然都是发现结界震动，结果被冲出的魂魄冲击到了别的时空，各自找了救援之后赶来中心的，对吧？”

“看起来，是这样的，司寇长老，而且好巧不巧就冲击到了他们所在的城市，否则我们也不可能这么快就可以回到中心请求支援。我感觉，沧溟可能撑不住了。”

“……”

所有人都沉默了。

沧溟时空虽然近年来都没有像样的捕魂者在五大时空中首屈一指，但毕竟是最接近中心的时空，在沧溟之底，藏着很多中心的秘密，一旦我们被薄奚攻陷，那么其他几个时空的弱点都会被暴露出来，至此，整个中心都会变得岌岌可危。

薄奚的目的很明显，虽然没有说明，但是冲着中心掌控者这个位置来的已经成了所有人心里考虑的事情。

万年以前，他被出现的金童玉女打回原形，计划失败，那么现在，他又吸收了多少力量，无人可知。

之前，长老们都以为他已经被打得没有了元气，卷土重来的可能性几乎为零。

我不自觉地抬头看向闻风的方向，而他，居然也在看我！

没有错,他一瞬不瞬的眼神,在看到我抬头时,微微地发愣,然后迅速调转目光。

为什么呢?

说不出来的感觉,在所有人都如临大敌的情况下,他却盯着我在思考,那么,是不是说明他也对我有感觉?

3

沧溟的多处结界之门被破坏,我们只好留在中心等待维修,而卢家姐妹,闻风和兰迪也都留下来陪我们度过难熬的时光,每天还要按时开会,商量解决方案。

我每天坐在中心花园里，看着眼前的樱花树在一天的时间内发芽,开花,然后凋零。

不知道为什么,在中心花园里每一天就是一个轮回,看着它们的轮回,都会觉得人生流逝得飞快。

总是在黄昏看见闻风也站在树下,看着我,不知是幻觉还是真实,我叫他没反应,伸手去摸,下一秒又会消失不见。

这样的日子真的太过煎熬，不知道什么时候才能真实地去触摸他,去和他像正常人一样相处,哪怕只是朋友,一天就好。

梁易涉有的时候会过来陪着我静静地坐着,也不说话。

我能感觉有时候他想用他宽阔的肩膀搂住我,可是定在半空中许久,迟迟也不肯落下,然后轻轻一声叹息,就离开了。

日子煎熬如炼狱，我期待着谁来改变一下现状，短短几日的工夫感觉已经快要过去一生。

我是在座成为捕魂者时间最短的一个，到现在捕魂术都不算纯熟，但是在每天的会议上，他们也会征求我的意见，虽然，我还说不出什么。

最后得出的结论是：在每个时空的结界之上，再加上一层由中心花园之底万年岩石所缔造的坚固之网，去阻挡薄奚所带来的攻击。

所有人都知道，这只不过是一时之策，加一层网除了可以抵挡住薄奚和他的手下带来的暂时性危害，不让他们在时空之间穿梭作恶之外，还有一个风险就是各个时空的捕魂者也不可能像从前一样来去自由，在其他时空抵挡不住的时候去增援，捕魂者们只能穿梭在自己的时空和中心之间。长久下去，各个时空会因为各自抵挡不住而步步败退，最后失去所有的防守。

这样的措施大家都知道只能是一时，可是谁也说不出来一时会是多久。

一个中心月、一个中心年，还是很多年之久？

现在唯一知道的就只有，时间越长，带来的灾难就越大。

还有一点就是我将很久很久都见不到我的橡豫少年——闻风。

在我们离开中心的时候，我猛地回头，看向通往橡豫时空的出口，我站在通往沧溟时空的隧道上，看见那个少年也在回头看我。

我感觉到身边黏在我身上的眼神来自梁易涉，他看着我，眼里有一些捉摸不定的东西。

而我，和闻风就这样对视着，他的眼里装满冷漠，还是藏不住那一丝依依不舍。

我的眼里，毫无疑问的都是留恋。

我听见了杜伊然的叹息声。

我们三个人的孽缘不知道要到何年何月才能彻底解除，就这样，时光的脐带缠绕着我们，勒住了我们的咽喉，让我们喘不过气来，随时都有可能被这样的感情掐死，可是我们，就享受着这样窒息的感觉，享受时间带来的痛苦，享受它带给我们的凌迟。

【七】

1

被关在沧溟的日子就和当年在中心花园之底一样漫长。

我们日复一日重复着和昨天、前天一样的生活，没有改变。

我越来越喜欢把自己关在房间里，躺在地毯上，发呆一样地看着头顶的天空，就好像在那里能看到我的橡豫少年一般。

不知道，在结界的另一端，我的橡豫少年，正在干什么，是否和我一样仰望着这亘古不变的天空。

梁易涉变得越来越沉默了，我和杜伊然当然是不习惯的。

以前的他那样咋咋呼呼，什么心事都挂在脸上，有什么说什么，心无城府。

可是，自从那天从中心回来之后，他就变得沉默寡言，好像用心事把自己包裹起来一般，连我们都看不见。

不过杜伊然自己也说，她能感觉得到，我们之间的联系网在减弱，一天中大部分的时间我们都无法感受到彼此心中的感觉，就连我们的能力也在一天天薄弱下去，杜伊然这么多年的道行，居然连一个小小的魂魄的收服都耗去了大半体力，在床上躺了好多天才恢复正常。

只有我，和他们不一样。

每天每夜，我的樱花镖都在我的身边时不时发出一声低吼，然后，又一个魂魄被收入其中。

这样奇怪的现象，就连杜伊然都不知道该怎么解释，为什么一样兵器可以在主人不自发的使用下发挥作用，而且几乎百发百中。

但是隐约中，我听得到在夜深人静的时候，梁易涉在杜伊然的房里讨论着什么，有我的名字，有玉女的字眼，但是其他，我听不太清楚。

其实我心里是隐隐地怕着的。

虽然对于金童玉女这样的词汇，在我进入这个世界的时候我听了太多次，从不同的人口中，但是我真的没有想过自己就是玉女，就是这个世界上唯一可以拯救苍生的那个人的时候，心里是那样害怕。

我只是个很平凡的小姑娘，因为自己的一点点私欲，我成了逆转之人，可是这并不代表逆转之人就是那个举足轻重的人吧？

如此渺小的仓央碧若，怎么会是那个可以扭转乾坤的玉女呢？

就算是，那还有一个问题，谁是我的金童？

虽然心里是那样渴望那个在我红线另一头的人就是闻风，可是如果真的是梁易涉，那么是不是就说明我这一辈子都要和他的命运联系在一起，而永远不会和闻风书写我们自己的故事了呢？

从现在的情况来看，金童玉女要符合的条件，两个捕魂术上乘的有缘男女，最重要的是，我记得杜伊然曾经告诉过我，万年之前的金童玉女是来自同一时空的少年男女。

那么是不是这就意味着，我的金童只能有那一个人选了呢？

日子还是一样缓慢地前行着，我依旧在每天早晨六点半起床，然后吃着杜伊然做好的早餐，在公司楼下的小咖啡馆买一杯现磨的美式咖啡，然后在八点前刷脸进入公司，换上我的工作装站在前台赔一天的笑脸，不管见谁都要打招呼。

那天，在那个平淡无奇的一天，它平淡得就像昨天、明天一样的一天里，我遇见了一个让我感觉很诡异的男人。

他在一个开春的时节里，穿着一件高领的羊毛衣，外面是黑色的一件大风衣，直直地盖到了脚踝处，甚至他远远地走来时，我看不见他的鞋子的样式和颜色。头上还戴着一顶压得很低的帽子，几乎遮住了整张脸，只剩下一个颜色并不红润，甚至有些干燥的嘴唇，和一个形状很奇怪的下巴。

怎么说，这个男人的下巴真的很奇怪，给我的感觉就是，它是削过的一般，正常人是不会有这样的下巴的。

我捅了捅身边正在忙里偷闲低头回男朋友简讯的肖衾，她猛地抬起头来，以为是领导来了，正准备叫人，却被我一把抓住了手腕，轻轻咬住牙齿对她说：

“你看从公司大门方向正冲这里走来的那个男人，就是那个穿得很多，看不见长相的。”

我感觉到这个年轻的姑娘不禁战栗了，深深吸了口气，“我好怕啊……怎么办啊，碧若。”

我就这样紧紧地攥着她的手腕，示以安慰，但是自己心里也是那样害怕。

我看看窗外，今天不是雨天，可我还是不由自主地将左手伸进了裤子口袋，那里是我的樱花镖，而且我感觉到了它的低吼。

到底是谁，我看见他的唇边扬起了一个玩味的微笑，好像要将我们所有人都玩弄在股掌之中一样。

我咬了咬下嘴唇，对肖衾说了一句“别怕”之后，终于扬起我职业的笑容，嘴角的弧度达到三十度，眼里却满满的都是戒备。

近了，近了。

五步，四步，三步。

“您好，请问您找谁？”

“呵，我找谁？我找谁你不知道么？”

冷到刺骨的声音，几乎没有一丁点的温度。

我心里有一点的怒火燃起，可是又不能发作。

“您好，如果您是公司员工请您去左手处刷脸器刷脸，如果您不是公司员工，请您告诉我您找谁，我给您打内线电话，确认后，会有人下来接您。”

我看着他，却看不到什么，他下巴奇怪的弧线让我不寒而栗，肖衾已经几乎要腿软到趴下，要不是我一直这样抓着她，或许早就跌坐在凳子上了。

“我，找你们这里的一位仓央小姐，不知道你认不认识啊？”

这个笑容，这个姓氏！

整个公司上下，只有我一个人姓仓央！他是冲着我来的！

我深深吸了口气，几乎都要坚持不住了。

“本人敝姓仓央，全公司也就只有我姓仓央，您找我有什么事？”

他不说话，用一双几乎是黑色的皲裂的手，伸进了他风衣的内侧，我感觉到肖衾下意识地向后退了一步，已经控制不住她张大的嘴，我也攥紧了我的樱花镖，准备战斗。

可是出乎我们意料的是，他拿出来的居然不是什么武器，只是一个最普通不过的，早就已经过时很多年的牛皮黄的档案袋。

我用警惕的眼神看着他，他继续他玩味的笑容。

“仓央小姐，何必这么紧张呢？这个袋子，请转交给杜小姐，你可不要随便偷看哦。”

话毕，他又将帽檐向下拉了拉，然后整个人就像一阵风一样，消失在了我们的面前。

肖衾一下子瘫倒在地，我也松开了握着镖的左手，拿出来一看，竟没有握出血来。

或许，武器自身有保护主人的功效吧。

我看着手上的档案袋，这东西只在博物馆里看见过，是两千年前的人很热衷的东西，可是一千年前，不就已经彻底地退出了历史舞台，现在的文件都是透明的信封了，除了装进文件的人以外，还有就是装文件的人用一种特殊的文件笔在信封封口前写下名字的人，输人的长相，才可以打开文件夹。

现在这么发达的技术，这个人还干什么大费周章地用这么一个文件夹，他，究竟为何而来？

2

整整一天我都坐立不安，就算我在收下那个档案袋之后，就已经收到伊然姐的简信：别慌，回家后我们一起解决。

有的时候真的觉得很奇怪，明明我们的感知能力在一天一天地减弱，伊然姐和梁易涉的功力也大不如前。那么，她究竟是怎么知道这件事的？

对了，我怎么知道他是男人呢？

他的穿着打扮应该是不辨男女的，只有个子很高这一点，让我断定了他的性别吧？因为就连声音都是模糊的沙哑，根本不能判断。

整整一个下午的时间，我都在琢磨这个神秘人的事情，以至于下班我都忘了时间。

直到肖衾拍拍我的肩，指着门口说：“碧若，你男朋友来接你了！下班了呢。”

“啊……啊？”我顺着他的指尖望去，“闻风”二字在看到梁易涉那张嬉皮笑脸的嘴脸时，深深压回了喉咙。

我轻轻推了一把身边补妆的肖衾，她应该是晚上还有一个约会，“哎呀，肖衾，告诉过你多少次了，这不是我男朋友！是我……什么都不是就对啦！勉强就是个幼稚的弟弟啦，别瞎猜了，我走了啊！”

我一把拿起放在隔层里的档案袋和手提袋，就奔出了柜台，今天的我，格外地想要回家，我要解开这个档案袋里的未解之谜。

让我没想到的是，杜伊然竟然比我们还早到家。

更让人诧异的居然不是杜伊然提早下班，而是原本很长的沙发上，并排坐了一堆人！不对，是一堆捕魂者。

先不说作为杜伊然和梁易涉常年好友的兰迪和闻风，各大时空现在的掌门级别的捕魂者都一一到齐。厨房里还坐着沧溟另外几个捕魂者。

除此之外，坐在客厅尽头，阳台上那把巨大的红木摇椅上的白胡子老头，不就是……不就是司寇长老么！

我偷偷咽了咽口水，究竟是怎样的事情会惊动这样的阵容，齐聚沧溟，挤在这个本来看似很宽敞的屋子里，而且个个面色凝重。

司寇长老转过摇椅，此刻，穿着人类衣服的他，竟然显得有些可笑，习惯了长袍加身的他，现在这样的老人服，简直不搭他的气质，可我想笑还不敢笑出来，小心翼翼地掩饰着自己的想法，因为这里坐着的每一位都是比我功力深厚的捕魂者，个个都是能看出我的小九九的人，可不能掉以轻心。

我一面漫不经心地想着伊然姐今天可要做多少个人份的饭才能够这么一大屋子的人吃，一边想着我们家闻风今天酷酷的样子好像又多了一份成熟的英气，却被杜伊然的河东狮吼吓醒。

“别再想那些有的没的了，仓央碧若！快把你早上收到的档案袋交给司寇长老！我已经忙不过来了，别再给我们沧溟时空丢人了行不行？”

“啊，啊！我知道了啦！”我从手提袋里拿出那个已经发旧的档案袋，毕恭毕敬地交到了司寇长老的手中，并一五一十地讲述了那个神秘人找到我的来龙去脉。

不知不觉中，所有人都走到了客厅里，原本一百平方米的客厅，竟显得如此狭小，而我，就这样不知不觉成了众人的焦点，就连司寇长老也在认真地倾听我的描述，等着我的下一步举动。

“这些就是我收到这个档案袋的所有情况了，司寇长老，请您示下。”

老者微微地点头，一只手捋着及地的白胡子，一手拿着那个档案袋，仔细地琢磨着什么，长眉微拧，嘴角稍扬。

这个档案袋我也琢磨一下午了，它并不沉重，代表这里面装的东西不多，甚至是一件可以忽略不计重量的东西。一个下午的时间，自从那个神秘人消失以后，樱花镖就很安静地待在我的左手口袋里，所以，这里面的东西也不是活的魂魄。那么，到底是什么呢？

看所有人的目光都投射在这个档案袋上，我知道所有人都很好奇它的内容，只是没有人敢轻举妄动，害怕发生上次在我们几个身上的事情。

毕竟现在,我们的结界网是那样脆弱,受不起任何巨大的冲击。

“长老!”坐在角落里沉默的公输玄突然就开口了,“司寇长老,还是和以前一样,让我来吧!”

看着他缓慢地挪向我们,还有老者点头的默许,我想起以前车杨师父好像隐约提起过公输玄和司寇长老之间的关系。

约莫五十年前,车杨和公输玄是同时在中心训练的孩子,那个时候的他们就有点类似于现在的闻风和梁易涉,两人形影不离,却性格迥异,车杨能言善辩,天赋异秉,所以最后直接被师父留下做捕魂师,而公输玄因多次为司寇长老挡下危机,在回到坂岭时空之后,更是被授予了“御史长老”的身份,随时可以出入司寇长老的冥想殿,只为司寇挡下所有不必要的危险和伤害,维护着宇宙的平衡。

这样一个存在也是很伟大的吧?

即使对方是全宇宙最尊贵的人,是我们这个大家庭里最需要保护的人,但是有多少捕魂者愿意豁出性命去保护他呢?

至少对我来说,也许在千钧一发之时,要是让我在他和闻风之间选择,我会选择闻风。

对我来说,忠诚在爱情面前真的很渺小。

随着我这一通胡思乱想,公输玄已经走到阳台之上,他打开阳台的院门,走到草坪之上,然后,和司寇长老交换眼神之后,慢慢地绕开了绑在档案袋上的白线,我看见他也咽了口口水,勇敢如他,却还是对于未知的事物,会产生一定的恐惧吧?

他打开袋口的瞬间，仿佛定格成了一帧一帧缓慢的动画，时间、空气都停止了，在场的所有捕魂者都屏住了呼吸，盯着那个决定命运的纸袋，等着下一秒会带来些什么。

3

“嗵！”

随着一声巨响，档案袋化成了一团黑色的浓雾，公输玄连退三步，而所有在场的捕魂者都第一时间护在司寇长老的面前，让整个摇椅后退了一米左右的距离，而我，也愣在当场，忘记了我需要保护司寇长老的职责，仍旧陷在对他们忠诚度的诧异里。

一秒。

两秒。

三秒。

黑色的云团化作了一连串不怀好意的大笑，而所有的捕魂者也在司寇长老的手势之下，分立在他的两侧，让他面对那个奇怪发笑的黑团。

很快，这个黑色的东西就变出了一个魂魄的形状，我心下也猜到了这是谁。

——薄奚。

“啊哈哈哈哈哈，司寇，好久不见啊！捕魂者这么脆弱的存在，仓央那个小丫头收到东西之后一定不会仅仅把东西只交给杜伊然，一定会惊动你这个宇宙中心的掌控人来见证。不过这样也正好，正合我意，找你太难了，司寇，我们老朋友一场，你还不让我去见见你，这样会不会太失礼了呢？”

老朋友？司寇长老居然和薄奚是好朋友？

这下我彻底傻眼了。

明明一个是万年前封印的邪恶魂魄，一个是宇宙中心最尊贵的大长老，怎么会是朋友呢？

不过，如果从年龄上来看，司寇长老的前生确实是万年前的捕魂者，在中心花园之底修炼两千年重新出世，才有了今日的大长老之位。

记得伊然姐这么说过。

不过，最让我佩服的是现在的司寇长老，并不否认“老朋友”这个说法，而是笑意渐浓地摆弄着他那长得及地的胡子，一边饶有兴趣地答复着这个鬼影。

“这不是来见你了么？我们不如直接切入正题吧，你要干什么？”

气氛突然就变得凝固，每个捕魂者都握紧了手中的武器，生怕下一秒，这个邪恶的鬼影就会对我们做些什么。

“我，不过是为了夺回属于我的东西罢了！一万年前，金童玉女阻止了我的雄图伟业，如今我卷土重来，为的不过如此！你是不会明白我的，司寇，你是个没有心的捕魂者，而我不是！曾几何时，我的心，跳动得那么强烈，而你只不过是个权力至上的独裁者罢了！”一瞬间，这个黑影就冲到了司寇长老面前，所有人都着急上前，却被司寇长老挥去，仿佛知道,这个黑影不会对他做什么一般,可是花白的眉头却深深锁起,“司寇,等着我的挑战吧,这一次,你没有任何胜算了,万年前,金童玉女一早诞生让我束手无策,而如今,他们的魂魄早就灰飞烟灭于冥王星之巅,没有人会来救你了,司寇!等着拱手让出你的权杖吧!啊哈哈哈哈哈哈哈!”

随着一连串的笑声,黑影消失得无影无踪,就好像今天所发生的一切都是一场噩梦,梦醒了,日子还是日复一日地在走。

只有我们在现场的人才知道,这些都是真的。

久久的沉默,还是司寇长老自己顽童一般的笑声打破了平静,“好了孩子们,没什么可害怕的,这只不过是中心的一种秘术罢了,把影像藏于一件物品,打开时可以有和这种东西对话的感觉罢了。我们刚刚看见的不是薄奚,只是他投射于那个袋子的影像而已。”

“可是!可是司寇爷……长老!为什么他要来找我们呢?而且,为什么要向您发出挑战呢?”梁易涉这个孩子,简直就是心直口快。

我相信在场的所有人都想问这两个问题,可是大家都选择了自己冥想,而他,却脱口而出。

果然不出我所料,杜伊然收起武器就走去揪起了他的耳朵,在梁易涉一通哇哇大叫声中严厉地斥责,“就你问题多!你是十万个为什么么?给我去小阁楼面壁,今天不许吃饭!”

笑盈盈的司寇长老这时候开口了,语气就像个宠惯了孙子的爷爷,“好了,伊然,小涉还小,不懂事,你也不要太计较了,只是个心直口快没有心眼的孩子,面壁归面壁,饭还是要吃的。早就听说你的手艺不错,我都已经快一百年没有吃过人间的食物了，快让我尝尝你做的菜。”

“啊啊啊，是！司寇长老！”就算是聪明干练如伊然姐，大长老的话还是要听的，这爷孙两人一通的胡闹，也让气氛缓和了许多，大家有说有笑地接过伊然姐做的饭菜，津津有味地品尝着她特定的料理，却只有一个人，站在庭院里，凝视着天空，眉头不展。

——是闻风。

“为什么不去吃饭？有心事？”

回答我的只是一个摇头的动作，却还是没有改变他双手负背、抬头望天的姿势。

“你是不是知道很多我不知道的事情呢？其实今天他们说的很多话我都听不太懂，可以给我解释一下么？”我继续装傻，对他的冷漠视而不见。

应该是惊讶于我的执着吧？好像听伊然姐说过，很少有人能在他的无视加冷漠下和他说第二句话。第一个不放弃的人，是梁易涉，所以他们成了很好的兄弟，第二个，就是我了。

于是，对方缓缓地侧过头来，凝视着我的眼睛，好像要从我的好奇里，读出我厚脸皮的奥秘一般，很快，他就卸下了防备，“想要明白就去读读《时空典志》吧，我记得杜伊然那里有一本的，在你们家二层的书房里。”

话毕，他又恢复了往日冷漠的面容，回屋吃饭去了。

我站在那里，看着他刚刚凝视的方向。

——天狼星闪烁的方向。

——你果真，还是在意的吧？

【八】

1

（第768卷，第10条）

时空纪年，时空计年前七千九百四十一年，司寇连年，薄奚诞生。

三十年后，两人识于中心，成为中心左大护法，右大护法。

司寇连年，出身于捕魂者世家，四口家族，从小在捕魂术上崭露头角，十五岁时，回到橡豫时空，为自己的时空效力。

薄奚，凡人之家次子，因饥荒背井离乡，抛妻弃子，终被大长老百里楠带回中心，成为记载的第一位逆转之人。

他原名黄次新，百里楠带回中心后更名。

（第768卷，第28条）

时空纪年，时空计年前六千零二十八年，薄奚化作魂魄，血洗中心殿。

同年首月，薄奚爱上烛照时空右护法，汝嫣氏单传独女，汝嫣锦鲤，此女单恋司寇连年。

薄奚为夺佳人，偷炼中心秘术——巫魂术，同司寇连年大打出手，误杀汝嫣锦鲤。

大伤，疗于橡豫时空中国东海。

（第 768 卷，第 29 条）

时空纪年，时空计年前六千零三十年，金童玉女诞生，为抵御薄奚。

金童，沧溟时空夏冰凌。玉女，沧溟时空银铃。

上古武器“记忆镖”——冰风、樱花浮出人世，受命于金童玉女，合并后，世间万物无色，封印薄奚。

（第 1980 卷，第 1 条）

时空纪年，时空计年前二十年，金童玉女魂飞魄散。

因中心需要，新纪年前将金童玉女散魄于冥王星之巅。

至此，“记忆镖”同时消失人世。

——以上摘自于《时空典志·时空计年前章》

2

“记忆镖”，樱花。

我攥紧了手中的飞镖，心情沉重。

它已经陪了我五年有余了,我却从来不知道它是为我而来,也从没想过,如此平凡的仓央碧若,这个扔进人群里就找不出来的我,居然就这样走进了未知的命运,未知的未来。

从我决定变成一个捕魂者开始, 我就坠进了万劫不复的命运,走上一条我从未想过的路。

如果真的如典志所言,金童玉女出自沧溟,那我注定的人真的是梁易涉么?

如若如此,他为什么没有冰风镖在手呢?

当我想得出神时,一只手揽上了我的肩。

“这么晚还不睡? ”

是杜伊然啊,我心里松了口气。

我放下了书,却还是忍不住抚摸着它早已卷翘的边角,第一次发现,这样牛皮纸做的书,也会变陈旧。

“是闻风告诉你,答案就在这里的吧?”她浅然一笑,好像看出了我的惊讶,“其实很简单啊,如果换作别人,如果知道就直接告诉你了。只有闻风,会告诉你在这里,有你想要的东西。”

“没什么事,去睡吧,我相信你已经找到你想要的东西了吧? ”

轻描淡写,不做过多的解释,这就是杜伊然吧?所以才能一直做那个至高无上的大姐大,才能把对梁易涉的感情深埋多年,可是,我心里的疑惑并没有被书中的文字解决,反而疑团更多。

一把抓住了她睡裙的裙摆,头深深地埋下,不想让她看到我的表情,“伊然姐,我……真的是那个传说中的玉女么? ”

明显感到她身躯僵硬，或许，我在他们的眼里一直和小白兔一样乖而少话，突然今天这般刨根问底，也让从容的她为难了吧？

她转过身，抓住我牵着她的右手，“跟我来，我们慢慢说。”

于是，十分钟后，她泡好了一壶花草茶，我们坐在了庭院里的两个面对面的秋千椅上，她打开了她的话匣子：

“其实金童玉女，只是个传说，就连司寇长老自己都没有真实地见过他们。他们像是希腊神话里塑造出来的人物一样，在中心遭到劫难的时候就出现了，然后出现了两支上古飞镖。《时空典志》因为仅仅是捕魂者大事记典册，所以没有介绍过任何武器，包括‘记忆镖’。

“‘记忆镖’一式两支，我曾经在专门记载捕魂者武器的卷轴《捕魂利器册》上看过些许的介绍。‘记忆镖’，取伊甸园中一块神秘之石，放置于死海之南，任凭风吹雨打，自然成型。当时，在中心修行的传说中的铸铁师燕支下凡偶得，带回中心花园之底，耗时一千年打造而出‘冰风’和‘樱花’，因为铸成之时，冰风簌簌，却有樱花傲雪而放，加之母镖上蓝光乍现，两抹暗纹如同风一样苍劲。而子镖浑身粉红，因樱花花瓣在铸镖之时偶然飘之于上，于是起名‘樱花’。

“燕支因集合了五大时空所有的灵气和中心花园的灵石，而被当时的长老们囚禁，两支世界上绝无仅有可以救世的飞镖也消失得无影无踪，唯一一次出现就是一万年前，金童玉女出世救苍生、救中心时出现，后也因这两个传奇的人物再一次消失。历史上记载的镖就在你这里了。你究竟是怎么得到这支镖的？”

我努力回忆，不知在喝了第几口早已温吞的茶时，突然想起了什么,“对了！是在我第七次进入那里的时候撞见的。因为我不和其他的捕魂者一样,进去一次那个地方就能找到适合自己的武器,每一次,我从头走到尾,一无所获地出来,都看见车杨师父一脸理所当然的样子,叫我下一次再去。直到那一天,不知道为什么,每次出来我都记不得那里的事情,就像我现在也都很模糊。那天,是血月之夜,那日下午所有中心的樱花树都没有凋谢,开得妖冶。车杨师父异常兴奋,叫我进去再找一次。于是,在我刚进去那里时,我就发现有一样很小的东西冲我飞来,然后我就晕倒了。三日后,我在车杨师父的闭关室醒来,手里就握着它了,车杨师父也是一脸的欣慰……”

“那就是了,” 杜伊然接过了话题,“车杨应该是知道你的命运的人,所以他一定知道‘冰风’在谁的手里,但是很奇怪,到现在,都没有出现,这个传说是真是假,也未可知。”

我一下子跳下了秋千, 急急忙忙地跑过去握住了杜伊然的手,不顾茶水溅到了我们的身上,“伊然姐,你告诉我啊!你告诉我!我是不是就是那个被命运安排的玉女? 是不是?! 是不是?! 为什么是我? 为什么?! 我只是个平凡的女孩子,我甚至曾经都不是捕魂者,我只是个很微小的存在,要是真的是玉女,你比我更有资格不是么?! 伊然姐,你回答我,回答我?! ”

最后几个字已经带有了哭腔。

对于我来说,这个任务太重了,我不过是个女孩,到现在都长不大的小女孩,我连感情的事情都处理不好,又怎么可能救天救地?

伊然姐的手掌附上了我的背,我就这样伏在她的腿上哭泣,我能感觉到她的无奈。

“然！然！怎么回事？我怎么听到碧若大喊大叫的，这大晚上的，你们干什么呢？”

梁易涉，早就该睡了吧？是我不好，把他吵醒了。

我满眼是泪，想起了什么，就像是大海中漂浮的落难者，终于找到了一根救命的稻草一样，“伊然姐，是闻风对不对？是闻风吧，我的金童？我记得他用的就是飞镖，和我的大小相仿！对不对？对不对？”

“不，不是闻风。”背后是梁易涉冰冷彻骨的声音，这是第一次，那一轮暖阳成了千古的雪，冰冷的声线甚至让我不禁打了个寒战。

“闻风的镖不是‘冰风’，而是银豹镖，是十年前，司寇爷爷亲手为他所制，和我的金虎封条是兄弟武器，适合我们的特性打造，所以，你死心吧。”

话毕，他落寞地转身，我听见一滴眼泪掉在了地板缝中，下一秒就消失不见。

我感觉到杜伊然猛地抬头，跟着抬头看去，她的眼里满是复杂的情绪，心中乱成麻，我读不到任何消息。但是唯一让我看懂的，就是她眼里对于梁易涉的疼爱，只是碍于我现在的心情在崩溃边缘，她没有追上去，只是继续拍了拍我的背，“一切都会好起来的。”

3

这一次，我真的是大病一场，彻底失去了思考和行动的能力。

我偷偷辞去了现在的工作，反正现在我这个请假的情况老板再要我也是天天挨骂的份，还不如自己识相一点请辞，等我想明白了一切问题再重新找一份大公司的工作不就好了。

其实现在我算是明白了，对于捕魂者来说不管是学历也好，工作也好，都是点石成金的感觉，你只要想，就没有不可能。

况且现在我做个什么接线员，也没做出什么名堂来，没有任何人透过接线给我传递任何消息，也没有人通过我的工作做些什么，当然，薄奚那件事除外。

一年的时间过去了。

我窝在我的房间从夏天，到秋天。再从秋天，到冬天。

梁易涉每天给我送两次吃的，天冷一点就由伊然姐给我送上来几件衣服，可是我，就这样不眠不休地看着天空中的天狼星，想明白这七年来的一切。

车杨是个好师父，可是他不是能够成为长老的捕魂者，他有很严重的缺陷，欲望。

我曾听司寇长老对我说过，能成为长老的人都是无欲无求的，所以，中心殿19长老，有男有女，孤独终老，且安分守己，是什么位置做什么事，不可越界。

而在中心的五年间，我看尽了车杨如何糟蹋那些新送去的小捕魂者，男女都有，这也是这些年我变得沉默寡言的原因。

因为我和他们不一样，只是几次，不得不和他睡在一张床上，被他看尽身体，却不敢对我如何。

我是司寇长老亲自带进中心的人，我的身上有一种保护膜，只要我人在中心，任何人不能够伤害我，否则就会第一时间如通电一般全身麻痹，在未来的十二个中心时内都会气短神虚，无力做任何事。

这是司寇长老对我的一种保护，也许正是因为早就知道我的身份，虽说让我在中心修炼，却仍不忘给我留了一个后路，让我成了最特殊的那一个。

在车杨第一次在我熟睡时摸到我床边后，我才知道这一切。

此后的五年，我就成了他的帮凶，因为他的威胁，我不得不误导那些小小的捕魂者，成为他的笼中之物，也就是这样，我没有朋友。

五年来，我能看见闻风唯一的方式，就是在睡前，借散步之名去中心花园，看着那一面平静无波的湖，略施小计，就能看见闻风此时在干什么。

他睡得很早，作息规律，所以很多时候我看见的都是他的睡颜。

紧闭的双眼，深锁的眉头，手中总是想抱着什么一样，身体蜷缩成小虾一般的形状。

我曾经听人说过，这样睡姿的人通常都有一个不愉快的童年，缺乏安全感。

只是，你到底经历过什么，才导致了如今的模样？

你冰封的心，究竟会为了谁打开呢？

我躺在时空的这一侧，沧溟的一个小小的城市，现在的你在做什么？

年纪轻轻就挑起了橡豫时空的重任，和伊然姐在沧溟一样的角色，究竟是什么让你的眉毛很少能打开？又是什么能让你沉默，甚至没有任何存在感？

每次靠近，都会有一种冷风吹过，却就是这样的冷风，让我越来越想靠近，想用我原本温热跳动的心脏去温暖你冰封的内心，却不想，现在的我，和你一样，只有一颗珠子做的心脏，没有温度，不会跳动，只能让我和常人一样的生活，却再也不能温暖你了。

这样的我，还有什么资格去和你在一起呢？

也许从一开始，我就错了吧？

在 4024 年的开春，我在一年的蜗居之后，终于走出了我的房间，我看着家中一切如常，春节将至，伊然姐烧着年夜饭，梁易涉坐在我的门口打着游戏，突然就有一种家的感觉涌上心头。

我心里又恢复了暖洋洋的感觉。

我拍了拍百无聊赖的梁易涉，亮出了一个我仓央碧若式的温暖微笑，差点把这个小子吓个半死。

“啊啊啊啊！碧若！你出来了啊！”说完这小子拖鞋都忘了穿，直接连滚带爬地跑去厨房，用几乎方圆百里都能听见的声音给杜伊然大声汇报，“然！碧若出来了！出来了！你多烧点好吃的，今天年夜饭我们一起吃！”

伊然姐明显不相信这个消息，半信半疑地过来看，结果就看见了坐在楼梯顶层微笑的我，“伊然姐，好久不见！这件新毛衣还挺合身的。”

大红色的毛衣是上周伊然姐送到我屋里的,隐约间说希望我过年能穿上新衣服,因为梁易涉坚持,今年就都买了红色的。

“啪嗒”一声,碗筷落地,一个惊恐的表情出现在杜伊然精致的脸上,下一秒,一滴泪水就顺着脸颊滑落,落入脚下,消失不见。

我从地上起来,慢慢地走下楼梯,“梁易涉,快去帮伊然姐收拾。好啦好啦,我是真的人,不是魂魄哦!”

顺势,我就拍了拍伊然姐的肩,我能明显地感觉到,这段时间她瘦了,瘦到肩膀只有硌人的骨头。

4

重新活过来的感觉真好。

此刻的我,坐在秋千上,梁易涉已经在伊然姐的膝上睡着,就像小猫一样乖巧可爱,一反常态。而我和伊然姐一人手里一杯五十年的红葡萄酒,看着山下的人类放着烟花,过了零点后的狂欢,这里却寂静得只剩下繁星闪烁,眨着眼睛不说话。

“伊然姐。”我犹豫了很久,终于又看了看天空中的天狼星,开口了。

“嗯?怎么了?”听得出,她有些醉了,很少看她喝这么多酒,也表现得这么开心,也许是因为梁易涉吧?今天的他,异常兴奋。

“伊然姐,如果我说,我要放下闻风,和梁易涉在一起,你怎么办?”

我莞尔一笑,一饮而尽杯中的液体,看见她有些苦涩的笑容,“那最好啊！小涉开心我也就能开心了。你们年龄相仿，一直也打打闹闹的，我这个老女人还是一心效忠中心比较实际吧。至于闻风，毕竟不是一个时空的人，你要知道，这对于捕魂者来说和人类一样，就像没有一个地球人会和冥王星人在一起的，不是么？而且，闻风这个孩子，是不可能爱上谁的，他是个复杂的存在，不是我们能够左右的。死心，就对了。”

【九】

1

放下对闻风的感情以后，我对梁易涉的态度改变了很多。

我在原来公司的附近找了一所学校读心理系的研究生，我在中心的这几年几乎与世隔绝，如果想要跟上这个飞速运转的世界，我只能用书本充实自己。而心理又是我从小就喜欢的方向，就不假思索地做了选择。

虽然杜伊然对我和梁易涉做了相似的选择而不高兴，但是，我每日都去帮教授做事，能待在学校这一点，她还是没有多说什么。

梁易涉每天五点训练完，会骑着他那辆万年不变的飞天摩托接我回家。

只是今天，我想特殊一点，因为这一天是他的生日，20 年前的今天，伊然姐在落夕桥边捡到了他，带回了中心，才有了今日的梁易涉，就连名字都是伊然姐帮他起的，据说，当年捡到他时，襁褓里就只剩下一只金色的铃铛，写着一个“梁”字，于是同情心驱使下，伊然姐就和现在的镇魂者西树兰儿前辈一同抚养他。

于是，我和教授请了假，下午一点就来到城里最负盛名的糕点店为梁易涉亲手做了一款蛋糕，因为他喜欢吃巧克力，所以特地用法国的巧克力松露加了三层厚！

完工之后已经是四点多了，我找了个没人的小巷，暗暗对樱花镖念咒，下一秒，我就到了他的学校。

我拎着蛋糕，走进操场。

临近夏天了，风都有点热。这个家伙就和他生在五月的天一样，热情而调皮，脸是说变就变，撒娇一流！哪里有20多岁的样子。

他主修的是篮球，只是我回来之后从来不曾看过他打球，就连去年几次比赛我都忽略不计，假装不知道，让伊然姐独自一人来看他的比赛，这样想想，心里是愧疚的。

我能感觉到，二十岁年纪的小伙子们炙热的眼睛，在我走进球场后就黏在我身上许多双，只是我视而不见。

今天因为想好了为他过生日，所以新买了一件粉红色的连衣裙，领口开得低了点，裙摆在大腿中央就戛然而止，能抓住他们的眼光也是情理之中。

我踩着12厘米的恨天高，一路看着梁易涉，走到了看球区，选了个不高不低的位置坐了下来。

顺手就把蛋糕放在了旁边。

看见梁易涉不由自主地咽口水,我想我今天真的是大获全胜啊!

后面的二十几分钟,不知道是不是因为我的到来,男生们一个个打得起劲,好像都想用这个机会表现一下自己,在我拿出毛巾走向梁易涉时,一个个望洋兴叹,捶胸顿足,却也不忘去调侃两句。

“哎,不地道啊阿涉,这美女谁啊!从来没听你说过啊!”

“就是就是,交女朋友了都不和我们说一声!”

“以前每次来看你的那个性感美女一直都说是你姐姐,这次不会又是你姐姐吧?”

一个个上来又是勾肩搭背,又是佯装打他,我在一旁都有些乐不可支了。

“好了好了,你们别为难我们家小涉了!”一把勾过他的右臂,把他和队友拉开一段距离,“我是他女朋友啦!”

电光石火之间,我看到了众人的起哄,梁易涉投来诧异的眼光,还有我眼中更浓的笑意,我知道这也许是我认识他以来做得最对的决定了。

在他洗澡的时候,身边一个又一个的人经过,他们看不出我们的不同,我能听见他们强劲有力的心跳,真实存在的呼吸,我感叹着时间的流逝,和世事的变迁,曾几何时我也和他们一样,有着同样的血肉之心,和最真实的情感,一切都源于我左胸口那跳动的炙热。

可是现在,我靠的是头脑,感情也好,职责也罢,一切都不再源于心,是脑子。我能清晰地感觉到。

“想什么呢！”

感觉面前一个身形晃动，梁易涉的脸就这样撞进我的视线，毫无预期却在情理之中。

“没想什么，我们回家吧。”终于，我学会了对他藏起我的一半心事，原来我也在不知不觉中长大了。

“啊，对了！”梁易涉的左手突然牵上了我的右手，我在零点一秒的愣神后迅速恢复了温暖的笑容，“碧若，你是真的接受我了，对么？刚刚听你说是我女朋友的时候，我心脏都快跳出来了呢！”

“扑哧——”

一不小心我就笑出了声，这个孩子果真没有长大呢，说话都这么有喜感，“傻话！我们哪里有心脏？一颗珠子怎么能叫作心脏呢？你，根本不知道什么是心脏跳动的感觉啊。”

“啊啊啊，也是啊，那你快告诉我是什么感觉哦！你可是有十四年的经历呢！快点快点快点！”

“心脏跳动的感觉啊，就是……”

就是看到闻风的时候我的心脏会跳得很快，差一点就要跳出嗓子眼，吻到他的时候好像整个心跳都减缓了速度，只想要时间停在这一秒，永远不要再运转下去。在他消失后，想他时，时快时慢的频率，让我怀疑自己是否真的在这个花花世界，在最极致的想念来临时，我忘记自己的胸腔里还跳动着一颗心脏，就像随他而去一样的空洞……

只是这一切，我都没有说出口，梁易涉想要的答案，我给他，让他一辈子都留有一个幻想，岂不比我的真话来得强？

正如我和伊然姐保证过的一样，我不能再伤害眼前这个单纯可爱的大男孩了，他对我的好，我会尽我所能去回报，就像是在成全伊然姐的幸福一样，我知道，只要我对梁易涉好，他们都会开心，苦了自己又何妨呢？

我，是仓央碧若。

我的一腔碧血丹心若是一场误会，牺牲自己，成全了别人就好。

我，只是一颗微小的尘埃。

2

梁易涉的生日会很隆重。

沧溟所有的捕魂者都受邀而来，就连我没见过的两个镇魂者西树兰儿和曾天奇也来了，看来就像伊然姐说的，梁易涉是个沧溟时空“不得了”的人物，很多人都喜欢这个贱小孩。

陆陆续续的，兰迪，卢嫣然，还有几个我不认识的捕魂者一一到来。

七点差五分，闻风也来了。

他带着一个巨大的礼盒，让人猜不透是什么，可是我想不论如何这也是最大的一份礼物了。

只是五分钟后，更让我惊讶的来了，所有捕魂者面向阳台按照职位高低站好，梁易涉作为寿星站在第一个，同时，拉着我，站在他的身边，微笑着迎接着什么。

很快，一团彩云出现在我们的面前，公输玄先走了出来，然后站在一侧，弯腰，伸出左手，一只指节搭上了他的指尖，很快，捋着胡子的司寇长老出现了。

“恭迎司寇大长老！”

齐刷刷地低头，我也被梁易涉带着，不由自主地高呼起来。

“好好好，都起来吧！大家都不用拘束，我今天只是一个来参加孙子生日的爷爷，大家该怎么玩还怎么玩，不用顾忌我！”笑眯眯的样子，没有人能看出他的心思。不知道为何，我总觉得这个微笑背后另有隐情。

气氛融洽，大家就像一家人一样，在阳台上杜伊然今天新买的长桌前，就和家庭聚会一样吃着自助。

大家吃着，笑着，聊着。

我却一个人坐在秋千上，手中的鸡翅早就凉透，还是刚刚梁易涉为我拿的。

看着远处，作为寿星的他，身着杜伊然亲手为他做的白色晚礼服，和别人笑闹，我觉得，选择了他，也许是对的吧。

身后的闻风，也是一袭黑色小西装，下面居然是随性的牛仔裤。不是他的风格。

此时的闻风，表现得真的如天狼星 B 一样，陪衬在谈笑风生的梁易涉一边，闻风就像是没有任何的光芒。

我抬头望着天，天狼星还是那样，闪烁着她的光芒，就连我们的眼睛都看不见B星的存在,那是多么渺小的存在?

“在看什么?”一个低沉却熟悉的声音从耳边传来,手上的盘子顺势被拿走,取而代之的是一杯新鲜的果汁,我想,我知道他是谁。

我莞尔一笑,“天狼星。”

秋千重了一些,冷漠的声线突然传来了落寞的声音,“小涉人很好,好好对他。别再想天狼星的事了。”

无尽的沉默。

不知道当年那个勇敢吻他的我究竟去了哪里,现在的我,就连一个字都不敢开口。

放弃他是我的决定,我想心直口快的梁易涉一定是第一个告诉了他。

没过多久,烟花突然燃放,梁易涉站在阳台的木头地板上,不知道从哪里打出了一道光,正好射在了他的身上。

他风度翩翩,一改往日的吊儿郎当,“今天,谢谢大家来我的生日会,谢谢司寇爷爷,放下中心的事务,每次都准时到来!也谢谢大家的到来!谢谢然准备了一切,谢谢闻风,二十一年不嫌弃我还陪在我身边!”灯光随着他说话而流转,到最后闻风居然瞬移到了他的身侧,被他勾住了脖子,龇牙咧嘴的样子是我从没见过的搞笑,可是我没想到的是,接下来,灯光打在了我的身上,我还在秋千上愣神,情不自禁地遮住了眼,“我还要感谢的这个人,是我的生命里仅次于司寇爷爷重要的人。七年前,我在出任务时遇到了她,一眼就喜欢上了她,却幼稚地诋毁她。我从来没想过在我的生命里她会成为最美的风景。终于,七年的追逐，她答应我了！仓央碧若！谢谢你进入我的生命，虽然我没有心跳的感觉，可是我能想象得到！”

我还在发呆时，杜伊然已经走向我，“怎么还傻愣着啊！”就牵起我的手，走向梁易涉，此时此刻，正如婚礼一般。

我转过头，逆着光，我看不见闻风的表情，只能看见他在鼓掌，缓慢而屏息，却仍旧追赶着众人的步调。

心下不知是什么感情，我只觉得木木的，整个脑袋都放了空，努力不让自己去思考，就这样走到了众人之前。

两只手握着长长的切蛋糕的线，一人一头，从中间划开，巧妙地避开了那个中间的梁易涉的小像。

我知道我做得用心，也许还是有一点像闻风。

甩了甩脑袋，我笑着在众人的起哄下和梁易涉拥吻，却在遮掩的空隙望向了闻风，不想，看见他黏在我身上的目光。

一滴泪顺着脸颊滴落，没入土地看不见，也许这个夜晚，只有他看到了这颗泪。

长久的吻，闻风只看了几秒，就转身，没入了漆黑的夜。

3

昨晚的生日会过了午夜。

司寇长老在吃完蛋糕后就离去，离开前握住我的手，眼神就如那年我被逆转时看我的一模一样，“小涉是个好孩子，你要好好对他。”

然后，就和公输玄离开。

这里毕竟是年轻人的天下，唯独少了闻风。

梁易涉一直和猴子一样嚷嚷，说少了些什么，叫我和伊然姐帮他找，伊然姐也忽略了闻风的离去，而我，隐瞒了真相。

难道，闻风真的是衬托着梁易涉的B星么？

所以，他的存在是这样的渺小，以至于他的离去都没有人发现。

一整晚，我必须佯装着笑容，又一面想着心事，可真是够累的！

第二天一早，我起得很晚，一看表已经是一点过五分！

我赶紧按出左臂的电话准备给教授拨过去，却看到了墙上的留言，我伸手做了个涂擦的痕迹，就现出了两行很丑的字，“碧若，好好休息！昨天已经很晚了，我已经和你的教授联系过，今天给你放假一天，就好好睡吧！”

落款是他自以为潇洒的签名：涉。

更让我崩溃的是，还画了两个爱心。

我摇摇头，摸了摸饿瘪的肚子，随便披了一件纱巾就去洗漱，想着会不会有早上他们剩的早饭。

其实很想和过去一样叫外卖吃，可是伊然姐千叮咛万嘱咐，不能这么做，因为人类是不能到这里来的，房子附近只有捕魂者能看得见的结界，人类靠近会出现一种奇怪的现象，就好像一步跨过这个房子一样。然而，如今的结界是那么的脆弱，但凡有天眼没关全的人类看到了，整个捕魂者的世界都会发生天翻地覆的变化，这样的人也会尽数被薄奚利用，来对付我们这些宇宙的守护者。

我的运气不错，伊然姐估计是因为梁易涉心情好，所以在冰箱里冻好了意大利面让我起来热了吃。

不得不说，她是一个很好的女人，谁娶了她都是有福气，家务样样精通，饭煮得好吃，带出门也很撑场面。

也不知道梁易涉这小子是不玩姐弟恋还是真的傻到看不出杜伊然对他的感情，这么多年明明是相依为命的两个人，也是看似最容易在一起的两个人居然就这样姐弟情谊了二十几年不变，也没有任何暧昧。

这一胡思乱想不要紧，我就抱着残羹剩面坐在秋千上，看着天空的模样就被下班回家的杜伊然撞个正着，活活被我的鸡窝头和不整的衣冠吓了一大跳。

“仓央碧若！你如果不快点去洗澡整理，我就把你从这个家扫地出门！就算是你明天嫁给小涉我也不管！快！去！”

愣神了零点零一秒之后，我把盘子塞进了她的怀里，然后趁她下一声河东狮吼之前逃离了现场。

“嗵！”

还不等我冲到浴室，三楼的巨响就打破了山顶的回音，又出事了。

梁易涉在巨响之后的一秒冲进家门，抱住我一个劲问怎么回事，我随手一推，居然没有推开。

杜伊然唤出她的小蛇，从蛇身抽出她的皮鞭，一脸不屑地看着蜷缩在我身上的梁易涉，此时，迎来了第二声巨响。

樱花镖在我不注意时就冲出了我的房间，直直地奔向了三层，五秒钟后，落在了我的身边，居然黯然失色！

杜伊然突然大喊了一声，“不好！”

下一秒，我们就出现在中心殿。

同样出现在中心殿的还有橡豫时空和烛照时空的几个捕魂者，都是一脸惊恐未定的模样，我想，是遇到了同样的事情。

【十】

1

“司寇长老，这次又是什么事？”

平时一向平静如水的伊然姐居然也这样着急地询问，一定是心里急坏了吧？

我紧紧地握住樱花镖的手，突然被谁附于其上，顺势看去，竟是那个冷若冰霜的少年。

是的，他变回去了，又变回了那个冷若冰霜的他。

还好梁易涉在一旁注意着他的司寇爷爷，否则，不知这又会是怎样的一场酸风妒雨。

我用眼神问他，怎么了。

他不说话，只是拿走了我的镖，两只手掌心相对，缓缓相搓，再见到我的镖时，竟然又恢复了往日的情形。

我一脸的惊讶，刚想张口询问，却被他的眼神所摄，深深咽下了已到喉头的疑问。

我环绕四周，并无人看见我们这里的异常，人们还在争先恐后地问着司寇长老各种问题。

这次的异动引得人心惶惶。

可是作为橡豫时空的掌管者，还是安静地站着，一双眼睛盯着我握着樱花镖的右手不知想着什么，呆呆出神。

紧皱的眉心，微攥的掌心，以至于司寇长老喊他我们都没有听见。

“闻风，闻风？闻风！你究竟在想什么，有头绪么？”

“嗯？嗯！长老，您说……什么？”

“啪”一声巨响，门前的一尊白色雕像就这样被一掌击碎，这是司寇长老难得的动怒。一向谦和温润的大长老，为了闻风的失神，就这样炸锅了，也是忽然之间，我意识到了这次的事，是多么严重。

我偷偷抬起眼皮去看少年的方向，即使是被全宇宙至高无上的长老，也是自己唯一的“亲人”责骂，一向冷若冰霜的脸，照旧有着往日的平静，也许此刻，只有我看到了他眼底的波动，一丝微光投向我的方向。

“闻风，你不要忘记你的使命。你师父魂飞魄散前对你说的话！”不是第一次看到司寇长老发火，却是第一次看到他眼底流露出的心痛。这是第一次，他没有把自己的感情抑制住吧？我想，他是真的把闻风看作自己的亲孙子，就如梁易涉一般。此刻的他，就如一个普通的老者，看着自己最放心的孙子。

忽然想起来，他已经在这世间看过几万年的风光，不管是白云苍狗，还是沧海桑田，对他来说不过是一瞬间那么短暂的事情。而且这些年，《时空典志》上记载，他几乎是没有感情的人。当初汝嫣锦鲤对他的感情如此的炽烈，最后也只是一个悲惨结局。

人不能没有感情，包括基因变异而来的捕魂者。

我相信，在这偌大的宇宙间，这个老者是孤独的，所以，才会收闻风和梁易涉为义孙，想用最简单而温暖的亲情，来温暖自己孤单多年的心吧。

虽然，捕魂者没有心。

虽然，薄奚说他没有感情。

虽然，在我们的胸腔里跳动的是一颗没有温度的珠子。

可是就算不是血肉之心，也会有感情的吧。

一如当年，薄奚对汝嫣锦鲤，汝嫣锦鲤对司寇长老。一如现在，杜伊然对梁易涉，梁易涉对我，我对闻风。

感情是世间最微妙的存在，我们以为的所有在它面前都不堪一击。

我们的坚持，我们的理智，我们的冰冷，最后都会被它打败，被它融化。

这，就是感情。

人世间有那么多种感情，亲情，友情，爱情，等等。

对于我来说,爱情曾经是第一,因为我愿意为了闻风,那个只见过一面,吻过一次的男孩,放弃我的所有,只为了和他成为一个世界的人。但是,现在的我把杜伊然、梁易涉视为亲人,亲情第一,不然我也不会为了他们的幸福,让自己努力地去喜欢曾经我最不喜欢的梁易涉。

不管是讨厌也好,喜欢也罢。爱情之于我,已经是那瑶山之巅的禁果,我可以远远地想念,却不会再自不量力地前行。

我忘记是谁给我讲过一个故事,说一个小孩把手伸进了一个上宽下窄的瓶子里拔不出来,孩子的妈妈也无计可施,唯一的办法就是打破瓶子来救出自己的小孩。可是这个瓶子是个价值连城的古董,也是他们家的传家之宝。孩子的手始终无法动弹,哭声渐厉,心急如焚的母亲只好打破瓶子救出了孩子。

她问孩子为什么一直不肯松开紧握的拳, 这时孩子缓缓张开手掌,里面握着一枚一元硬币。

因为贪恋手中的一点点硬币,失去了昂贵的古董,究竟是一种怎样的后悔。

以前,我从来不懂这个故事的真谛,可是现在终于明白了。

当我抓住对闻风的感情时,我不幸福,梁易涉不幸福,杜伊然不幸福,闻风也是为难的,虽然我并不知道,他的为难源于何处。但是,只要我肯松开对他的感情,放自己自由,和梁易涉在一起,对所有人都未尝不是一件好事。

所以,我也明白了,司寇长老不过是放开了自己冰封的内心,去敞开心扉接纳,并爱着两个他认为有前途的少年而已。

只可惜，两个人都在爱情面前低下了头，最终让他失望了。

尤其，是闻风。

2

“我们言归正传，等解决了这次的问题，我再找你好好谈谈！”

我看见，他只是一如往常地颔首，用着最谦卑的态度，可是不知为何，我觉得他的思绪又飘远了。

不过我也没有资格说他，我知道自己心里也是掺杂着这样那样的小心思，比如，为什么他可以轻而易举地修复我的樱花镖，为什么他看我的眼神里总是充斥着无奈，为什么现在的我明明被梁易涉牵着手，温暖着我并不温暖的“心脏”，还是觉得自己是那样缺少一份温暖，一个拥抱。

这样的我，是会遭天谴的吧？

甩甩头，把闻风的面容甩出我的脑海，转过头望向梁易涉。

在一起的这几天，为什么感觉他竟然长高了，也成熟了，就和一棵大树一样长成了参天的模样，终于可以为我遮风挡雨。

这就是感情的伟大吧。

这样一个大男孩，终于明白怎么去保护自己所爱的人是一件好事，不是么？

可是为什么，最应该高兴的人是我，最高兴不起来的也是我。

或许，只是时间不够久吧？

当我习惯了身边的人是梁易涉，当我习惯了我“喜欢的人”是梁易涉，当我习惯了我的男朋友，将来的丈夫是梁易涉，也许一切都会变得和我更加息息相关了。

此刻的我，唯一所想就是时光飞逝，让如今的点滴都变成生命长河中渺小的一点，随着年龄的增长，样貌的改变，我们会把青春的一次轰轰烈烈的“暗恋”抛之脑后。

或许有一天，我会对着我的孩子们说起，在你们的爸爸之前，我还曾爱过你们的叔叔，刻骨的，难忘的。

“那么，就这样吧。防护网加固三层，提前结束在中心殿学习的捕魂者们的训练，成立一支专门穿梭在时空结界网间的特殊部队。训练的任务就交给公输玄吧，你把手头的工作交接一下，以后你直接受命于十九大长老。副手交给杜伊然和兰迪，你们停掉手上在人类世界的工作，去辅佐公输玄，仍是各时空的负责人。”司寇长老做着总结性的陈词，才慢慢拉回了我的思绪，“此外，每个时空要选拔出一名法术最高强的捕魂者，作为陪练，每个中心每月模拟一场角逐赛，来提高他们的警觉。”

“是，司寇长老！”

齐刷刷地鞠躬，我也赶紧弯下腰去，假装刚刚有好好的聆听。

“碧若，和我来冥想殿，闻风，你在天王室等候。”

心下叫了声不好，难道自己的小心思被看穿了？

或许，我的段位还是太低了。面对宇宙间的主宰，我不过就是个小人物罢了。

3

我跟着司寇长老又一次来到了冥想殿，这不是我第一次来，也不会是最后一次。

我看着这个漆黑的空无一物的屋子，想着第一次来到这里时，还是和梁易涉、闻风一起。当时的他们为了我第一次大打出手，还是在万众瞩目的摄魂捕猎之后，当着梁易涉的“家人们”的面，就这样出手打了自己最铁、最亲的兄弟。

司寇长老背对着我，不知是什么情绪，我就这样望着他如雪长发，素白道袍，又不知道让思绪飘到哪个时空去了。

不知为何，面前的黑夜不断地变换，一幕一幕就像在放映着什么。

突然，司寇长老的大手一挥，快进的画面停住，正常的速度播放着很多婴儿，却只有两个孩子的床前都挂着一样的银铃。

他们晃动着铃铛，一个开心地笑着，一个却面无表情地看着。

又开始快进。下一个镜头是两个几岁大的男孩，脖子上是和上个画面相同的银铃，一个坐在树下看书，另一个则绕着树和男孩奔跑。

最后的画面是两个少年，看起来是那样熟悉……不就是……不就是我熟悉的两个男孩，梁易涉和闻风么？

地点是中心殿，看样子是捕魂者们离开中心殿，回到各个时空的仪式。

梁易涉和闻风分别接受司寇长老的“提点之礼”(注:“提点之礼”,是捕魂者们经过长年的学习,打拼后,回到自己的时空之前,会一一走到大长老的面前,大长老一只手覆盖在头顶,向他们体内输入属于自己属相的能量),然后一一将那个熟悉的银铃交还到他们的手上。

猛地,我好像想起了什么!

司寇长老的权杖之上就挂着两个银铃, 和我刚刚看到的一模一样!

“你知道这两个银铃的出处么?”司寇长老缓缓地转过身,捋着他的胡子,一脸平静地问我,手上正是那两个银铃!

我迷茫地摇摇头,这是个超出我知识范围的问题,我想他也没奢望我会回答出这个问题。

“这是前世的你,随身之物。”

两只眼睛瞬间瞪大,前世的我?! 为什么此时要告诉我这些? 可是为什么前世的我,会和他们有关? 我的随身之物为什么会出现在他的手上? 一切的一切,都是谜团。

“你的前世是玉女银铃。”

不过是一句话,我的心就好像被打入了无边深海,一句话都说不出来。

直到很长很长的对话结束,我以为都过去了几年,才见他唤闻风进来,把我送回了沧溟的结界网。

被“摔”回到地毯上,我也就不想动了。

浑身上下没有一丁点力气,就像被人吸走了灵魂,就像第一次,那年的雨夜,我预见了我的命运。

原来,一切都是注定的结局,原来那么多人都知道我命中逆转,所有的一切都不过是个形式而已。

在这个世界上,所有女性捕魂者都羡慕的身份——玉女,真的是我,毫无疑问。

而我,却是不希望成为玉女的那一个。

命运啊,就是个巨大的玩笑,我们深陷其中,还可笑地觉得自己可以幸免。

太好笑。

之前我还不相信,命中逆转也并不代表我为了薄奚而来,玉女而生。

更可笑的是,"你的银铃两只,一只选择了小涉,一只选择了风。他们并不知道其中之一就是金童,也不知道我收他们为义孙,倾心相授的目的,只是让他们都做好这样的准备。所以,我希望你替我保密,在'冰风镖'出现,选择他们之前。当然,你选择的人,也至关重要。"

所以,我在梁易涉身边;所以,闻风不能陷入一段情爱。

所以——

不敢想。

虽然这个结局是我自己所选,但是我并不知晓未来。或者说,我们都不知晓。

第一次在司寇长老面前失态,我几乎怒吼地质问:"你不是宇宙的总管,无所不知的中心殿大长老么!"

可是，我看到的却是他无奈的眼神。

那一秒，不知是错觉还是真的，感觉他额头的皱纹又填了些许。

我知道，他力不从心。

所有人对他抱有希望，可是这次他真的是无能为力了。

也许，我对他太苛刻了吧。

天狼星闪耀。

以前苗苗喜欢在夏天的夜空下，和我肩并肩躺在草地上，和我讲星座的故事。她说，每个人都有一颗守护星，不管它是明亮也好，灰暗也罢，它总会守护这个人走过每生每世，直到那个人的灵魂飘散在天际。

那么，究竟哪一颗是属于我的那颗星，它会是闪烁或是暗淡，是肉眼所见，还是渺小如尘埃。

也许，仓央碧若真的只是宇宙间的一颗尘埃，渺小到我自己都看不见。

所以，不管天狼星兄弟谁是那个拯救世人的金童，谁是那个注定埋没在历史洪荒的配角，于我，都永远是无法挣脱的命运。

是上帝的手，是他提着命运的提线，我们这一个个制作精美的玩偶被他玩弄在股掌之中，我们有喜有悲，又哭又笑，用着未知的方式走向那个注定的结局。

如今，十年过去了吧，已经忘尽时间的蹉跎，捕魂者没有日历这种凡人之物，唯有沙漏，这样古老却又真实地为我们记载着时间的流逝。

其实，除了看头顶上的天空，有时，我也会盯着床头的小沙漏。

我曾经以为沙漏的大小可以决定计时的长短，却在认识了捕魂者后才明白：所有的沙漏都是以各自的时空计时为准，在凡人世界的沙漏，是每个时空时翻转一次。而中心的沙漏，有些是以分为单位，有些以时为单位……中心殿的那只每十年一次。也就是说，每一次的封印大典翻转一次。

沙漏，从上古时代就用来计时的器具，在这个科技发达的年代看起来相当不协调。

人间在变幻，事物在更新，恨不得每天都有新事物诞生，而中心的长老们，却过着上古时代的生活，也许是司寇长老习惯了吧。

毕竟，这个老者，来自我们并不知晓的万年以前，时间的跨度，是我们所不能理解的。

只是在庞大的宇宙里，这个老者也对未来低下了头。

所谓的无事不知，无人不晓，不过是传闻罢了。

拯救世界，这个词语，怎么看都离我很遥远。

仓央碧若啊，你只是一粒尘埃。对么？

【十一】

1

时间不断地蹉跎，在困惑中，疑问中，忙碌中，我们终于过了两年的时间。

这些时日，我努力地对梁易涉好，也学习伊然姐的手艺，来成为一个合格的女朋友，为了将来而不懈地努力着。

时空间的结界封锁也有两年之久了，却没有任何异常 。

有些时候，我躺在梁易涉的臂弯里，总有种错觉。

我觉得我们就是那命中注定的两个人，他对我的好，我为他学习的一切，都是理所当然的存在。而那什么"金童玉女"也好，薄奚也好，前世也好，都是一场大梦。我梦了多年，却在一朝之间醒来，醒来后，我为了这个男生的痴情，成了一个世界的人，然后，时间静静地流淌了下去。

可是，事实就是事实，它会把我们拽入最残忍的境地，然后万劫不复。

很快，我人生之中第二次封印大典如期而至，我成为一个真正的捕魂者，十年了。十年对于捕魂者来说并不是很长的时间，我还是感慨着所有的一切。

这一次，我被梁易涉牵着手，到达中心殿的等候殿，看着那些熟悉的人，我也不再为了追随而追随，而是和伊然姐一样，和我的好朋友卢嫣然一起谈着这几年的见闻，而她的姐姐卢沁然正在一旁静静地聆听。

距离大典开始，大约还有一个中心时不到的时间，突然之间，等候殿内变得异常的安静，光线暗淡了下来，却还有一束追光打向了某处。

大家先是一阵骚动，然后又是寂静。

一个熟悉的声音从远处传来，追光下的白袍，是我最熟悉不过的一个人。

“大家安静一下好么，安静一下。我知道很多捕魂者因为结界的缘故很多年未见，非常欣喜，可是我，沧溟时空的梁易涉，现在有话要说，麻烦大家安静一下，也麻烦，帮我让个路。”

一束光打了下来，我下意识地去用手挡住，不想面前的人群已经让出一条道路，笔直地指向我所站立的方向。

扑通，扑通，我仿佛听见自己的心跳声。

踢踏，踢踏，整个等候殿只有鞋子踏出的声响。

时间在走，沙漏在跑。

我的心在跳。

仿佛过了一万年的时光，“扑通”一声，那个男生单膝下跪。就这样，两束光交会在一起。

很显然，我被吓到了，嘴巴张得特别不淑女，“仓央碧若小姐，十五年的时光说长不长说短不短，是你渲染了我空白的生命。这两年你在我的身边，让我感觉到了最真实的幸福和爱情的感觉。现在，我要当着所有捕魂者的面，向你求婚。嫁给我吧，碧若，我答应你会努力地变成参天的模样去保护你，我也会和你对提拉米苏的真爱那样爱着你，不离不弃。嫁给我好么？”

“啪嗒”，透明的盒子打开，里面藏着一颗钻戒，不是那种流行的大块款式，而是我喜欢的简约风，素戒上镶嵌了一圈小碎钻。

身边开始有了怂恿的声音，卢氏姐妹更是推了推我的腰板，说着“快答应啊”。

下意识地看向他的身后，在所有人的外围，一个少年靠在墙角，隐约间看到了烟雾缭绕的感觉，但我知道他从不抽烟。

他低着头，前额的刘海打下来，形成一个光影。

不知为何，每次在中心殿看到的他都是及腰的银发，在人间的他却是一头利索的短发，刘海也不长。

此时，我仔细地聆听着，聆听着，希望听到什么，透过空气和人群，却什么都没有听见。

我听见在遥远的宇宙里，有一个空灵的声音对我说，“寂寞么？我想你，即使万千宠爱，也和我一样，寂寞吧。”

2

时间凝固了。

虽然很早就料到了这样的结局，可是不论如何都没有想象中这么快，这么盛大，当着这么多捕魂者们的面，在中心殿的等候殿。

始料未及。

其实，我知道我在等，也在犹豫。

如果他可以过来说不要，或者说一句“你喜欢的是我”，那么，我一定会在第一时间抛下这个男孩，奔向他吧。

可是没有。

时间一点一滴地过去，沙漏走了好久。

梁易涉的腿已经有些微微地颤抖。

我看见，那个埋藏在阴影里的身影突然悻然离开，模糊在最深的黑夜里，走进了一个无人的寂静。

我想，不用再考虑了吧。

我的手终于附上了梁易涉的手，我的无名指套上了那颗做工精良的钻戒，更神奇的是，我感觉到了指尖的膈应。

有些疼痛的我刚想拿下来，却被梁易涉制止了。

没有想象中的激动，我看见了一个成熟的梁易涉，他和以前是两个模样。

这一次，他只是拥我入怀，然后在我耳边轻轻地说："戴上了就不要摘下来好么？你会感觉难受是因为戒指内侧刻下了'涉·若'，习惯了就会好的。你若摘下来不会看见戒指上的文字，只能看到刻在你的无名指上的字。这是我，对你，独一无二的温柔。"

身边的喝彩声都听不见。

我的眼睛盯着刚才的角落，那里的空空荡荡仿佛在告诉我：那里根本无人停留，又何必在乎？

此刻的我，应该是全宇宙间最幸福的仓央碧若，我答应嫁给全世界最爱我的男人，我看到了他一瞬间的成熟。

在我戴上戒指的刹那，我知道他已长大。

侧过头，我看见鼓着掌却含着泪的伊然姐。

她是沧溟时空的主宰者，她是我们之间最成熟，最稳重的捕魂者，可是这一刻,她也是再普通不过的女人。她所深爱的男孩,为另一个女孩戴上了戒指,承诺下永远。

对于杜伊然来说,爱是成全,爱是祝福,爱是看着自己所爱的男孩幸福快乐。

我轻轻对她点了点头,因为我看见她的口型在对我说:“一定要让他幸福。”

很快,兰迪姐的手臂附上了她并不宽厚的肩膀,并抱住了她。

或许在这个寂寞的宇宙间,只有她明白着伊然姐的感触,她们都是没有结婚,没有“爱情”的女人,她们的伟大到底有谁知呢?

很久以前,伊然姐也对我说过:兰迪姐也是为了爱情放弃了爱情。

没等我胡思乱想很久,声音都停了,欣喜都变成了恭敬的鞠躬。

梁易涉轻轻放开了我,然后偷偷在我耳边说:“司寇爷爷来了。”

也许是料到了此刻,没有太多的惊诧,被牵着手,也跟着去行礼,这一次却被阻止了。

“起来吧起来吧,今天,我很开心,因为小若接受了小涉的求婚,我终于看到了你们幸福,我真的很开心。”司寇长老这样说着,然后一只手拦住了梁易涉,这是我第一次看见他对一个捕魂者做如此亲密的举动,我想,他是真的很喜欢梁易涉吧?对于他的一切,他都是这样上心。

转过头,他看着我,“小若,如果你不介意,这次的摄魂捕猎之后,我会在中心殿为你们举办仪式,成婚。你看可以么?”

“……”我张开嘴,却说不出一个字。

本以为订婚后还有一段时间才会去考虑结婚的事,可是一切来得那么快，那么突然，我一下子失了声，忘记去答应或者是拒绝，留给自己一个苦笑。

或许是因为司寇长老在场，所以人群没有刚刚的骚动，只有卢嫣然在我身后偷偷说："快答应啊。"语气里透着无法言喻的喜悦，就好像刚刚被求婚的是她不是我一样。

我看着司寇长老的眼神，那么坚定，坚定里透着一丝威严，好像在用眼神对我说："你不答应一个试试看。"

我也听见了不远处伊然姐对着我隔空说："你还记得吧？胆敢拒绝小涉，我杜伊然就算是豁出性命，变成魂魄也不会轻饶你！"

不禁打了个冷战，我可惹不起一个沧溟时空的掌控者，宇宙间最权威的大长老。

"好，一切都听从您的安排。"

"哈哈哈哈哈哈哈。"长久的欢笑声，十九大长老，两大护法出现在等候殿，这是第一次各席位的长老们出现在中心殿以外的地方。

他们齐齐朗诵着赞颂诗，殿内一片宁静。

我的右手被牵着，左右手在膝盖上，坐在最近的一片云朵上，眼睛却在不停搜索，漫无目的。

很快，司寇长老回过头来，一个眼神看着我，充满了斥责，刚刚的和蔼荡然无存。

悻悻地收回目光，我却收不回思绪。

我的闻风少年，你去了哪里？

【十二】

1

十年过去了。

当我再一次身处中心殿时，心中的感受是不一样的。

十年前，我是一个人，站在这里，命运注定了我的“逆转”，即使千万人阻挡，我也成了一名捕魂者，第一次看到了这个世界的另一面，我看不到的一面。

十年后，我是一名捕魂者，我和他们一样，有珠子做的心脏，有和他们一样“拯救苍生”的能力，更重要的，我从一个普通的小女孩，成了拯救世界的玉女，这样的心境，怎能一样？

这一次，我终于和他们一样，用同样崇敬的心情，迎接各大长老依次入席。

他们身下的云朵又一次旋转起来，然后是司寇长老宣布开始。

“又一个十年过去了，这个十年，是我上任以来最动荡的十年。每个时空都经历了结界的冲击，最后不得不关闭所有连接时空之间的结界，唯一的通道就是中心。但是，也因为这样的动荡，让我们之间的联系更加紧密，大家有着前所未有的团结和努力。这一点，让我很欣慰。下面，我们的封印大典开始，请各个时空的领导者为我们展示这十年来的成绩。”

其实,对于整个封印大典来说,这个环节看起来是最无聊的一部分,可是它确实在不经意间给了我们乐趣。

当我看见自己在任务中的身影,虽然并不多,并不纯熟,可是那种感觉绝对是身为人时无从体验的。

我一路走来,第一次任务失败,还被夺去了武器,后来,我每一次精准收回,心里的感觉不言而喻。我能感觉到,手中的樱花镖在一次又一次的任务中,慢慢地和我融为一体,我不知道是不是每个熟练的捕魂者都会经历这个过程。我的经验并不丰富,可是我的镖总能在发现魂魄的第一秒飞出去,然后捕捉后飞回。虽然前几次还是可能会被夺走,但是后来我能愈来愈清晰地感觉到,它会很努力地摆脱控制,回到我的手心。

这,也许就是默契吧。

以前从来没想过,有一天,我会和一样东西这样契合,就像是我的手心手背,控制自如。

可能听见了我内心的声音, 梁易涉在心里和我说:“别再想了,你是最特别的那一个,你和我们并不一样。从训练方式到熟练程度,你都是万年来的唯一。当然,你也是我心里永远的唯一。”

意外的声音插进来,有点不太习惯。

但我还是转过头,对着那个把我的右手放在他手心的男孩微微一笑,当作是一声谢谢,谢谢他告诉我答案,虽然这个答案并不是我所希望得到的。我宁愿永远不知道答案,让自己永远疑惑下去。

我看见伊然姐挥舞手中的鞭子,第二次,出现在沧溟上空的卷轴消失了。

下一个,是橡豫时空。

他,站了起来,冷着那张万年不变的脸,就像是我每一次见到他一样。

他是那么年轻,是五大时空最年轻的掌控者。

可是,他的沉着,他的冷静,他的卓然超群,都让他从这茫茫的捕魂者中突显了出来,发光发亮在我的眼前,成了唯一的那个点。我却永远遥不可及了。

我藏好自己的心事,试着用一个正常捕魂者的目光,看着他把银豹镖抛了出去,随之出现的卷轴,是橡豫时空这十年来的捕魂情况。

他总是那样特殊,在人前啊。

伊然姐比我们大了十岁,却不曾像他一般带着那么多的新捕魂者,去执行任务。

橡豫时空是这十年来换人最快的时空。因为闻风师父的离世,很多同他年纪相仿的捕魂者都纷纷退位。

新上任的捕魂者的调教任务全部落在了这个人类年纪只有二十几岁的男孩身上,可是他并未多言,而是比别人更加努力地去带他们,让他们一个个都成了优秀的捕魂者,他也没有任何邀功的迹象。

我感觉得到,梁易涉手上的力道在加重,那样紧握着我的手,嘴巴抿成了一条线,目光也变得有些凌厉。

伊然姐过来抓住了他附在我手上的那只手,在心里对我们说:小涉,放轻松。

我想我知道这是为什么,因为他看到了我内心的崇拜,对于他最好的兄弟,对于这个年代最棒的捕魂者。

下意识的,我开始担心起来。

十年前的摄魂捕猎场景还历历在目,因为我,他们这两个最好的兄弟,拳脚相向,最后一个被罚抄《冥世》,一个被罚面壁思过。

那么,这一次呢?

我终于也“答应”了梁易涉的求婚,在今年的封印大典之后就是我们的结婚仪式,那么今年,这个不要命的男孩会不会更加拼命去和自己的兄弟抢夺第一的位置?

其实我最怕的是摄魂捕猎的途中会发生不必要的争执。

如今的结界那么脆弱,难保薄奚不会觊觎我们的封印大典。

就算是所谓“铜墙铁壁”的中心,会不会也被这个上古的魂魄玩弄于股掌之中呢?

2

今年的摄魂捕猎看上去是那么精彩,早在等候殿时就听着大家提起,这次的平均年龄不超过二十岁。因为坂岭时空将会派出史上年纪最小的捕魂者,只有十岁的艾米丽出战。

这个小姑娘有着传奇的身世,更重要的是,她并没有出现在等候殿,抑或是封印大典。这是前所未有的事情。

按照常理来说,一个捕魂者,除了达到各时空左右护法级别,因为闭关原因不出席封印大典外，无故不出席大典是要被六大长老制裁的。之所以她可以如此嚣张,只因为她的养父是公输玄。

听卢嫣然说,这个小姑娘是三年前被公输玄在坂岭时空美洲的一家孤儿院领养回来的,只因为公输玄在一次帮司寇长老收集薄奚资料时遇见了出逃孤儿院的艾米丽。他见这个孩子身上闪现异光,倔强毅然,便带回家抚养。居然就在这短短的三年之间,变成了不输公输玄的捕魂者,让他五十几年的捕魂术黯然失色。这一次,更在坂岭时空的众捕魂者推举下,成了摄魂捕猎的出战者。

这样的事情是会引起轰动的,不管是梁易涉也好,闻风也好,卢嫣然也好,卢妃凡希也好,他们都是上一届参加过的捕魂者,而且,每一位的捕魂年龄都在十年以上,坂岭时空派出这样一个初出茅庐的小丫头片子,不说是轻敌,也是有点不把其他几大时空放在眼里的架势。

只是在摄魂捕猎前,没有人敢妄加评论什么,毕竟这个小丫头还没现身。

通常情况下,摄魂捕猎之前,各大时空的捕魂者是不可以和其他时空的捕魂者交谈的,可是这一次,最讲规矩的杜伊然大姐居然帮助梁易涉和闻风在比赛开始之前,双双投影于中心花园,并谈论今天的比赛。

“风,你说那个艾米丽到底是什么来头啊！这么大的排场,还能不出席封印大典,并可以直接出现在幻化殿,你有没有听到些传闻？”

闻风只是颔首,“小涉,你不会忘记了,我几乎不会和别人交谈吧。而且刚刚,主角都是你,关于那个小丫头我只听到只言片语。”

“那现在怎么办才好！而且你也是知道的！碧若就是我的一切啊！”顺势勾住了我的脖子，我不禁吃痛，龇牙咧嘴地看着那个冷漠的少年。

微微挣开束缚我的手臂，我还佯装打了下身边的男孩，殊不知这样的动作，也许在别人的眼中更加甜蜜吧？连一边的伊然姐也轻轻地笑出了声，“好啦！既然你们都不知道，就把嫣然叫过来一起问问呗，这个小妮子的鬼主意最多，还是个八婆！所以这个什么艾米丽的事，她一定知道得比我们多！是不是，伊然姐？”

好像抛给了一个难题一般，她微微皱起了秀眉，“这个……我试着联系兰迪吧，这个连接只能由各个时空的掌控者来操纵。”

说着，便在一边对着她的鞭子念咒，兰迪姐很快就出现在了我们的视线中，交谈了一番后终于看到了嫣然。

小妮子明明和我们一样白袍加身，却不知道从哪里搞了一只蝴蝶结夹在了耳后，不知道的还以为她是要去选秀，而不是去摄魂捕猎。

“若姐姐，然姐姐，你们看我好看不？”小妮子开心得就好像根本不担心一会的摄魂捕猎一样，二十岁的姑娘了，还是口无遮拦。

不想，身边的梁易涉居然笑得人仰马翻。

“哈哈哈，卢家不是法国的水晶世家，在时尚界还有些名气，怎么会出了你这个俗透了的小丫头啊！也不怕一会被魂魄加身！”我斜眼看了眼他，胳膊肘捅上他的左肋，看见他喊疼，“哎哟，我的碧若，怎么了！”

我干脆无视他这个笨蛋，“嫣然，你别理他，我找你要说正事。你知道多少关于艾米丽的事？”

“哼!本姑娘看在若姐姐的分上不和你计较了!只要闻风哥哥不觉得嫣然俗气就好啦！”一瞬间,在场的所有人都愣住了,包括闻风,“哎呀,不要这样子啦！闻风哥哥这么帅气,人家会动心也是正常的啊！”

虽然满脸黑线,我心里还是不禁“咯噔”了一下,这个小妮子的心里,竟然藏着和我一样的心事。

“好啦好啦,言归正传。艾米丽是三年前被公输大叔在美国孤儿院救起的弃婴,据我妈妈的水晶球只能勉强看出她曾经是个非常有钱人家的小孩,比我们卢家还要富有。可是我们根本看不到为什么她会流落到孤儿院。总之,她在被公输大叔抚养期间展现出了这个时代捕魂者无人能敌的境界,可能会成为比闻风哥哥更加年轻的掌控者。现在,‘结界护卫队’(上文提到的守护结界网的特殊部队)日益壮大,坂岭时空已经五年无主,公输大叔一面培养部队,一面培养这个艾米丽,已经不再接手坂岭时空的各项事务,坂岭的临时掌控者袁术也接近暮年,在之前的‘橡豫之战’中,也是元气大伤,时日不多了。这次,我们真的需要提防艾米丽,因为大家都知道,坂岭的捕魂术吸收了大地之力,修炼时难免邪气入体,也是五大时空中最易转变成魂魄的了。你们各自小心吧！”

说到最后,连接的影像越来越弱,伊然姐推断是摄魂捕猎快开始的原因。

她摸着梁易涉的头,低声嘱咐着什么,我则坐在一边静静地为他检查着封条,确保那里没有残留的魂魄,也没有丝毫的破损。

不知为何,越是临近比赛开始,我心头的不安就更加强烈,不知是因为两兄弟,还是那个神秘的艾米丽。

3

天上一片漆黑，没有一颗星星。

就这样，我们拥进了幻化殿。

司寇长老和往年一样宣布了规则，之后就是各个时空的参赛者走出人群，居于人前。

独独坂岭时空的参赛者没有出来。

人群里一阵不寻常的骚动，毕竟这是第一次参赛者未及时出现，其实按照规则已该剔除，在所有人炸锅之后，公输玄走到人前，挥舞着他的叉戟，随后，就如塑形一般，一个妙龄少女就由微粒塑造而成，完完整整地出现在大家的视线里，看起来是熟睡的模样。

随后，我们退至等候殿，终于看到这个女孩在进入迷宫后，睁开了她的双眼。

居然是白色的眼珠，紫色的眼白！

一片哗然，这究竟是怎么回事！

就算是基因变异的捕魂者，长相还是和人类并无大异的，因为我们要混迹于人世间，所以我们要伪装得和人类一样。

可是眼前的女孩的的确确长着一副奇怪的模样，让所有人害怕，因为从她的眼眸里透露出的是无尽的凶狠。

我心中的不安，更甚。

“她！是巫女的转世！”人群里传出了呐喊，是卢家四女沁然的声音。

卢家的 wand 传女不传男，卢沁然虽是长女，却只继承了母亲水晶球预言的能力，在捕魂术上建树不多，才会有了卢家长女传 wand 于小女一说。

此刻，她所喊出的巫女，恐怕也是懂得预言之人才知道的传说或是故事吧。

我看着他们的影像，却听见身边的杜伊然战栗的声音，“怕是小涉闻风，有危险了啊。”

4

我揪着一颗心看今年的摄魂捕猎。

先是巫女转世的艾米丽的出现，后是心中一阵一阵扑面而来的恐惧，我和杜伊然就和上一次一样紧紧地握着对方的手，无论如何都没有放开的意思。

前半段的进展还算是胜利，闻风依旧保持着领先的位置，梁易涉也不如上次急躁了，而是一板一眼地做着自己该做的事。

也许我们就在这一点一滴中长大了，就像是树干中的年轮，一圈一圈，不只是身体，还有各个方面。

当沙漏已经漏了一半时，身边的卢沁然又尖叫了起来。

“她在做什么?！”

所有人的目光都集中到了坂岭时空的投影之上，刚刚都没有好好地观察过这个艾米丽,现在可算是看清楚了。

她的武器竟是一只水晶球,却有着奇异的金色光泽,同我见过的卢家水晶球有着很大的差别。

此刻的她用的都不是正常的捕魂之术,而是在用爆裂去炸开道路和前方的魂魄!

一片哗然!

摄魂捕猎中使用的魂魄都是九大长老幻化出来的影像,所以并不是真实的存在,会在他们出了幻化殿后自动灰飞烟灭成尘埃。可是上千年来,根本无人会用如此卑劣的手段去伤害这些魂魄,而是用正规的捕魂之术去收服,去封印。这个女孩显然是坏了规矩的!

眼看前面的道路已经被她一路炸开,更严重的是离她最近的锦华的道路已经被打开, 卢妃凡希那张漂亮的侧脸充满了错愕和惊讶,一瞬间不知如何自处!

这下子大乱,这个小丫头竟扬起邪恶的笑容,下一秒,卢妃凡希已躺倒在地,半边脸上是可怕的疤痕。

"不!"

我听见了杜伊然失态的大喊!

如果再炸开一层,那另一边就是梁易涉所在的道路,可是他们在幻化殿内的捕魂者还不知道发生了这样的情况: 有一个捕魂者受害了!

还不等我们反应过来, 梁易涉的身影出现在了坂岭时空的投影上,不明所以的男孩除了讶异却没有其他的举措,就这样停在当场,一边的伊然姐只是喊了声“小涉”,就昏倒在我怀里。

说时迟那时快,橡豫时空的投影上,那个少年突然消失,下一秒,沧溟时空的画面上看到了另一处的爆炸,在艾米丽抛出水晶球攻击梁易涉之前,那个白衣少年已经出手抵挡住了她的攻击!

紫色的光线和蓝色的光线在一刹那间再一次发生了爆炸,两人都被弹出了好远。

“小涉!别愣神了!帮我!”

梁易涉终于认清面前的状况,以最快的速度爬起身来准备去拿他弹在一边的封条,可是,还不等他拿到,艾米丽已经用法术让他的封条弹得更远。

只见一抹白色的身影就这样蹦了过去,叼起了封条,用力地挥舞到梁易涉的手上,下一秒却被艾米丽的法术击中。

“汪!”

“不要啊!阿白!”

是梁易涉。

闻风的小白狗为了把梁易涉的武器交回主人的手中,就这样死在了艾米丽的法术之下!

它跟随闻风多年,已然成了家人吧?此刻奄奄一息在地,甚是可怜。

一瞬间,我听见他们齐齐呼唤卢嫣然,然后她也出现在一张投影上。

紫色的光,来自水晶球,蓝色的光,来自银豹镖,金色的光,来自金虎封条,还有白色的光,来自 wand。

他们就这样奋力地抵抗着。

他们是三个时空最有潜力的捕魂者啊！却还是敌不过一个巫女转世之人，对手是何等可怕？

当九大长老闯进来的时候，局面已成僵化的状态。

幻化殿内一片混乱，三个捕魂者、九大长老齐齐对峙一个艾米丽，看起来不过是势均力敌罢了。

她，究竟是谁?!

5

事态一触即发，兰迪和我照顾着杜伊然，其他的捕魂者也被分配到各自的休养殿。

只是，在我回头看坂岭时空的入口时，我没有看到公输玄。

人是他带来的，可是不知为何，我并不怀疑这个大叔。

他在中心的年月，和他忠心保护司寇长老这一点，让我对他的为人是那样深信不疑。哪怕此刻，他有着最大的嫌疑，我想每个捕魂者此刻的心中都有一杆秤，都清楚今天的事情并没有看上去那么简单，背后的始作俑者恐怕只会是薄奚，不会是其他人。

我宁愿相信，若是公输玄真的背叛了中心，也是因为他被魂魄所控制，所附体罢了。

如果连他都会背叛中心的话，那么这个宇宙间最大的家庭究竟是要遭受多少劫难才能够幸免灭族的危险？

这真是个多灾的年代。

我们被关在各自的休养殿，封印在门口，出不去，进不来。

不过司寇长老已经特许兰迪姐在沧溟的休养殿，只要伊然姐出事，她就可以陪伴身侧。

虽然，她是烛照时空的掌控者，她有着她的职责。不过对于她来说，伊然姐的身体更加重要。这就是捕魂者的感情吧。

说不担心是假的，毕竟一个活生生的捕魂者卢妃凡希就这样死在了幻化殿，这个世上再没有了她的灵魂，它破散在了迷宫之中，就算是想要埋葬都无从做起。

还好沧溟、橡豫的实力在锦华之上。否则，怕是梁易涉和闻风也会遭到灭顶之灾。

即使如此，我心中还是担心。

我们没有任何的消息，时间一点一滴地走，我手掌中的樱花镖一直在嘶吼，我压制着，不让它有着任何异动。兰迪姐说，这可能是因为“冰风镖”出现的缘故，这样的嘶吼，是未曾有过的。它听到魂魄的反应才会有今天这般的强烈。

如果冰风镖真的出现了，它又要如何选择自己的主人呢？

世上两支冰风镖的继承者现在都被困在幻化殿内抵御外敌，那么它究竟为谁而来？

我突然想起了车杨师父。

是他第一个看破了我的身世，甚至在司寇长老之前，是否他就能告诉我这一切的答案呢?

想到这里,去找他问个究竟的心就更加坚定,我该如何走出这个被封印的休养殿。

“兰迪姐,你有办法让我出去么?去到修炼场?”

一脸的错愕,“碧若,你要做什么?你现在去修炼场干什么?”

“你知不知道我的师父车杨?他是第一个看破我命运的人,所以,我断定,冰风镖的事他比任何人都清楚。我不可以在这里坐以待毙,如果能找到冰风镖,并交到它的主人手上,也许就能抵御这一次的灾难。”

我的眼中放光,语气坚定,我看到了兰迪姐眼中的疑惑变成了犹豫,最后和我一样坚定,“好,我知道怎么让你出去,可是后果,你要自己承担!”

“嗯,我不会拖累你的!”

随后,兰迪姐取出了她的武器,这是我第三次看到这根丝绸,因为她在我成为捕魂者后没有参加过摄魂捕猎,却在封印大典上两次画出卷轴,展示烛照时空十年的成就,我是第一次看她用这根丝绸施法。

丝绸飞舞了几下,环绕着伊然姐床头的铃铛,之后,她握着我的手,示意我自己拽七下,之后,我就进入了一阵黑暗。

6

修炼场。

过了很久很久,我离开这里很多年了。

可是,场内久燃不熄的灯火,还有供我们训练的魂魄在低低地怒吼。这些都好像恍如隔日一般,让我觉得如此的熟悉。

很多人离开这里之后一辈子都不会回来,因为恐惧,因为这里不好的回忆,他们望而却步。

我想,我应该是为数不多不留在中心做捕魂之师,却再一次踏入这里的捕魂者吧。

凭着少有的记忆,我摸索着经过一间一间的斗室,或许是因为封印大典的缘故,所以平日里的热闹不再,空荡荡地让我心有余悸。

看着地上干枯累积的血迹,不禁想起过去我也曾在这地上洒过我的鲜血。

感叹世事之时,我听到:

“小碧,你来了。”

是再熟悉不过的声音,我不禁战栗了。

五年,整整五年,我听着这个声音走完我最美丽的年纪,也留下了最深刻的记忆。

“师父。”

“嗯,不用多说,这里不是可以说话的地方,来我的休养殿。”

我跟着他踟蹰而行,其实那个地方我比任何人都熟悉啊,因为那五年,他的休养殿,修炼场,中心花园,是我不变的三点一线,而如今再来到,是另一番的景象了。

车杨喜欢竹子,这是少有会被捕魂者喜欢的植物,这也是他的特别之处。

他总是那样特立独行，所以也会任满殿竹节生长，虽然我根本无法分辨它们之中微妙的区别。当然兴致好的时候，车杨也给我讲过，可是，我记不住。

如今，很多年过去了，这里的竹子开了花，也许是开到酴醾的季节了吧？

我看着他在内殿放置的幼竹，大概猜到了他会在这几年慢慢地翻土重新种下吧？他可不是个念旧的人，喜新厌旧是他惯有的把戏。

我一言不发，只是站在他的身后，看他摆弄着他最爱的那株来自坂岭时空的四川竹，我记得在静静的夜里，他就这样寂寞地对着它说这话，让我明白：身居高位的人，是那样高处不胜寒，那样渴望着什么。

良久，他终于停下了手上的动作，伸手一挥，两只石凳子就从地底升起。

没有来过这里的捕魂者不会知道，车杨不喜欢看见家具外露，只有用得到的时候，它们才有出现的意义。我已司空见惯，并不意外。

“小碧，从你离开中心开始我就知道会有这么一天，你会回来，来问我关于‘记忆镖’的事。”之后，卖关子一般，又不多言，他就那样玩味地看着我，好像想从我的眼中看出什么来一般。

我只是不语，和他待在一起久了，才会有了那个沉默寡言的我，这样的故作深沉，我才不怕，他耐不住会讲出来的。

果不其然，在过了大约五个标准分之后，他就已经招架不住我的沉默了，“冰风镖出现了，对吧，其实，我也感觉到了。可是很抱歉，我只知道你玉女的身份，却不知道金童是谁。冰风镖今日的出现，大约还是因为幻化殿的灾难吧，今日是保不住了。我虽是协助九大长老铸就幻化殿的捕魂者，可是我并没有参与守护的能力。说到底，这是公输玄和中心殿的争斗并非我的。

“虽然，多年以前，我们是形影不离的兄弟，可是我已经认不得今日的公输了。他带来的那个小丫头，我不明其身世，她屏蔽了所有人可以追查她的机会，但是我知道，她并非善类。她今日一定会从长老们和现在五大时空最优秀的三大捕魂者手下逃脱，可是将来，她还会和你兵戎相见的，到那时，就是揭晓金童人选的时候了。

“你唯一能做的，只有等待，等那个时机的到来，不管是十年，二十年，一百年，还是一千年，小碧，你逃不出你的命运的。你始终都是玉女的唯一人选，也是唯一可以拯救这个世界的金童玉女之一。就算如今的你，不能和殿内仍在奋战的他们的捕魂术相提并论，可是将来的某一天，你会是唯一强大的存在的。相信我！”

【十三】

1

一大串的言语丢过来，我无力招架，更无力反驳，就在我反应过来时，我已经身在沧溟的休养殿。

杜伊然已经坐起身来，一边的兰迪喂着水。

看见我回来，两人惊喜万分，连忙把失魂落魄的我拉上了床榻，然后两双明亮的眼睛就这样盯着我打转，我却不知道该如何启口。

很快，传来了上面的指令，所有的捕魂者回到中心殿。

我知道，大战结束了。

虽然这次的大战我并没有真实参加，虽然我是命中注定玉女的人选，但是我心所系的三个捕魂者都参与了那场大战，我暗恋的男孩，我的未婚夫，还有我这个世界上最好的朋友。

大家蜂拥至中心殿，只为了知道这次事件的结果，还有，更多的是为了我们心中所系的捕魂者。

坂岭时空的捕魂者们一个个低下了头，看起来，他们并不知道这次的事情会发生，而公输玄再一次缺席了。

我看见锦华时空的云彩前放置着一个水晶棺材，里面躺着的是刚刚在大战中死去的卢妃凡希。她的父母、锦华时空现任的左右护法也放下了往日的平静，泣不成声，整个锦华时空都被一种悲伤的气息笼罩着，现任的掌控者阳明也站在一边，口中所念，应该是锦华时空特有的超度诗经。

大殿内一片的喧闹，因为还有三个时空的捕魂者下落不明。

六大长老，两大护法长老和司寇大长老就这样从中心殿的中间升起，如今的他们也是眉头紧锁，个个面带愁容。

之后，三朵云彩飘上来，是闻风，梁易涉和卢嫣然！

此刻的他们并不是平日模样，而是各个盘膝而坐，两手平放在双膝，双眼紧闭。

杜伊然当然是第一个失控的。

她走到沧溟的地域前，抱着梁易涉就失声痛哭起来，完全不顾自己的形象。此刻的兰迪姐需要照顾卢嫣然，而且在中心殿的捕魂者是不可以跨越自己的地域。所以我只看到她远远地看着我们这边，手上还一边给卢嫣然传输着什么。

而我，则一边安慰着杜伊然，目光自然是飘到闻风那边去了。

梁易涉和卢嫣然都有各自时空的掌控者为他们疗伤，唯独闻风例外。他是现在橡豫时空法力最高、年龄最大的捕魂者，没有人有能力为他疗伤。

正当我想要过去照顾他时，杜伊然低下头一把抓住了我的手，用最冰冷的声音对我说："别动，你的举措会使小涉蒙羞，也会让沧溟陷于不利的。一会，长老们会派橡豫时空的左护法来治疗他，你切不可轻举妄动！"

话毕，她将我的手一起搭在了梁易涉的头顶，教我如何传输法力给他。

正如她所说，橡豫时空的左护法很快就被传唤到中心殿，为闻风疗伤，可是我的一颗心还是放不下来，生怕他发生什么事情。

司寇长老看情绪稍有稳定就抬起了手，做了个安静的手势。

"这次的事件非比寻常！我们只抓到了坂岭时空前任掌控者，'结界护卫队'队长，'御史长老'公输玄，他的养女已经魂飞魄散在了九大长老的封印之下。带公输玄上殿受裁！"

中心殿口升上来一团云彩，上面所站正是戴着镣铐的公输玄。

他一脸的颓败，头压得很低，很难想象曾经的他意气奋发，为司寇长老挡下了一次又一次的危险。

如今的他，只是中心人人得而诛之的对象。

每个时空都传出了谩骂声，最激烈的就是坂岭时空。

他们好像都被他欺骗了一般，骂得难听。

他是年纪最大的捕魂者，在五大时空内。

很多捕魂者在他这个年纪已经请命化作镇塔之魂，或是去往修炼场成为捕魂之师，亦有荣升本时空的左右护法者。偏偏是他，这么大的年纪仍旧守着他的坂岭时空，不愿意离去，用最卑微的身份，带领着小的捕魂者们，为中心分担一切，为司寇长老挡下一个又一个危机。

这样的他，怎么会是中心的背叛者！

“公输玄，本尊信任你多年，甚至以命相交！为何你要做出背叛中心的事！”

他扬起了头，终于看到了那张老泪纵横、血污遍布的脸，好像证明什么一般冷静，“司寇长老，公输玄的为人如何您还不了解么？自我成为捕魂者那一天起，我就以保护您和中心为己任，一生戒情戒欲，无妻无儿！只是三年前看着艾米丽可怜才会带回抚养。今日的大战定是另有隐情，她那么单纯的孩子是不会做出这般举动，请司寇长老彻查，是否有魂魄附身一事！”

我看过电影里的人被逮捕后都是一心急切地为自己开脱，不管是真凶也好，错捕也罢，却从没见过他这样的冷静，只是缓缓倒出实情。

公输玄的为人，大家看在眼中，可是始终没有人站出来为他说一句话。

“你敢说你并不知晓艾米丽是千年前的巫女转世么？”

大右护法一句话掷地有声，公输玄像是被抽走了最后一丝的魂魄一般，重新低下头，不再发一言。

司寇长老亦是痛心疾首的模样，最终，“那么，若无异议，公输玄打入修炼场地牢，由车杨严加看守——”

“等等！”也不知道是谁借给我的勇气，我居然就这样站了起来，并大声喊出了这两个字。

所有人的目光都集中到了我的身上，也不知道为什么，曾经那个胆小懦弱、没有任何作为的仓央碧若这一刻变得如此勇敢，就这样不畏惧所有人的眼光，忽略了伊然姐拉扯我衣角的小动作，用最大胆的目光看向了司寇长老，这个全宇宙最尊贵的人的眼眸，炯炯发亮，“等等，司寇长老！您这样的裁决并不公平。”

又是一阵哗然，今天的中心殿真的是不同于往日的热闹啊，一向“沉默寡言”的捕魂者们今天也是坏了规矩的。

司寇长老抬起两只手，平掌下压，终于把这些浪潮压了下去。

“仓央碧若，你有何见解？”

“司寇长老，我认为您这样的裁决不公平。事情还没查清，单单就凭艾米丽是公输前辈带来中心，并曾收为养女这两点，是不足以判定公输前辈背叛了中心的。”我顿了顿，看着众捕魂者眼中的犹豫时，我居然受了鼓舞一般，更加有勇气往下说了。“司寇长老，您还记得您为什么封他为'御史长老'么？中心千万年以来只有十八大长老，这是万年前中心成立时定下的规矩，可是您却为了他，打破了规矩，使其成为了第十九大长老，并不必久居中心，这是为什么？因为，他是公输玄，他是这么多年中心成立以来第一个，也是唯一一个可以为了大长老，为了中心，不在乎自己生命的人，我试问在殿内的几百位捕魂者，你们谁可以为了大长老和中心如此？虽然我们大家都会以保护中心长老为己任，可是如果真的当你们的挚爱和司寇长老同时陷入危机，你们会救谁？我想，大部分都会选择挚爱吧。那么公输前辈呢？车杨师父曾经告诉我，在他们二十几岁时，公输前辈有一个养子，当时因为司寇长老陷入了一场魂魄危机，他丢下重病且重伤的养子去救司寇长老，最后，他的养子失去了最佳的治疗时间魂飞魄散，可是他没有流过一滴泪，而是更加努力地守护着中心。这样的公输前辈，你们凭什么怀疑他背叛了中心！"

2

大殿内一片肃静，就连一根针掉落云端都能发出巨响一般。

司寇长老白眉深锁，双手负背，竟站起身来。

他一步步走近了公输玄，一只手放在了他的右肩之上。

可能是受了刑法，明显看到他抖动的双肩，牙齿一瞬间闭紧了。

"公输啊，我也不愿意相信你做了背叛中心、背叛我的事啊。可是现在，你愿意配合中心找出真相么？"

“不可！大长老！”大左右护法齐齐起身，慌张叫住了刚刚动了恻隐之心的司寇长老。

大左护法急急地走下圣云，“司寇长老，您别忘记了，就算您是宇宙间的总管，可是我和大右护法长老可是宇宙的法律制裁者，您可以加以审讯，可是最后的刑罚是要我们说得算的，您可不要坏了规矩！”

“就是说，我大右护法可不是白当的！宇宙的秩序不能乱！您也不能插手我和大左护法的决定！”

于是，两个魂将升上了中心殿，一手一个地压制住了公输玄。

听伊然姐说，魂将是直接受命于大左右护法的一种魂魄仆人，他们在大左右护法的驱使下维护着宇宙的法律。

往往魂将出动，就算是大长老司寇都不可违抗，否则会被中心制裁。

我又一次看到了这个老人眼底的无奈，他的地位虽然是最尊贵的，可是他也只能屈服于中心的法律，这就是所谓的宇宙制衡，不可一人独大，而是《冥世·法章》最大，大左右护法除了制衡宇宙，还是用来制衡大长老的存在，所以往往这两者都是清心寡欲之捕魂者，要求比大长老还要苛刻。

公输玄被带下的时候，回过头看的方向依旧是司寇长老，那一眼里包含着的是无奈、不甘、倔强和认命。

就像是一个被抛弃的恋人一样，我想他的心里此时的苦，是无人可以体会的吧。

我想，若是有一天，闻风亲手把我送上断头台的话，也许我也会体会此时公输玄的感受吧，那样的绝望，是由心底蔓延开来的，即使我们没有心，可是那颗珠子也会伤心的吧？

此刻，梁易涉双眼紧闭，他的体力还在恢复当中，我心下甩开了闻风的影子，专心为他疗伤。

我答应过自己，要忘记不可能的人，和梁易涉好好地走下去。

就算此生，都要和他纠缠，百年，千年，也不再痴心妄想。

虽然很多时候都会疑惑，疑惑为什么闻风不可以爱上任何人，为什么不可以动情，可是我想，今后这些都是和我无关的事了吧？毕竟，这样的大事都出了，可是婚礼还是没有宣布取消，我想这一次，我已经无法逃脱和梁易涉结婚的命运了。

那么，既来之，则安之。

不远处的闻风已经渐渐睁开了双眼，护法的力量还是比一般的捕魂者强吧，所以他们才称之为护法。

眼下，杜伊然叫我再加把劲，又叫上了另一个捕魂龄到了十年的捕魂者一起发功，终于，梁易涉也缓缓睁开了双眼。

半个标准分之后，卢嫣然也苏醒过来，不过他们都感觉像是大病了一场。

终于，长老们的安神颂也停了下来。接下来，我知道要发生什么。

“摄魂捕猎让中心受到了重创，可是这次的危机并不会影响我们正常的运作。现在，受伤的捕魂者恢复了元气，但是这次的封印大典还未结束。我想你们都还记得，我们还有一桩喜事未办。就是沧溟时空的梁易涉和仓央碧若。由于幻化殿重创，长老们决定，一天后举行仪式，在此期间,杜伊然和兰迪负责教会中心仪式的礼仪。那么,大家都回去休息吧。”

3

中心殿的仪式比我想象中的还要复杂。

当我披着大红的嫁衣时,恍惚看到了另一番景象。

一个和我背影相似的女子坐在铜镜前，穿着和我一样火红的婚服。

她在往嘴上涂抹中心特有的胭脂,背着我,却看不到表情。

恍惚间我看到了她腰间的一对银铃铛。

“想什么呢？”

伊然姐打断了我的胡思乱想，可是刚刚的画面是那样的真实,就好像坐在这里的女子不是我,而是她。

感觉,那是万年之前的玉女,银铃。

“没什么,就是感觉自己就要这样嫁人了,感觉好像昨日才刚刚逆转成了捕魂者，可是今日，我居然就要穿着这一身的嫁衣嫁给梁易涉。”

杜伊然拿起了一支玉雕的梳子开始为我梳头,“别想太多了,今天以后我们就更是亲人了。这玉梳梳头是每个在中心举行仪式的捕魂者都需要的。我们的一头长发是男女皆有,这支玉梳要一梳梳到尾,因为这样才能把过去的一切都统统梳理掉,然后开始新的人生。”

"嗯,我知道了。"

这里的仪式不像是这个年代的婚礼，曾经在历史书上看到过,这应该是和三千年前的差不多。可是程序上就更加复杂了。

我在沧溟的休养殿待了快一天的时间,听说,梁易涉则是在橡豫的休养殿,作为闻风的好兄弟,来迎娶我。

这样也是种奇怪的风俗吧,一般人类世界如果是一家所出,都是女孩子住出去,然后男孩子在家里,可是中心却是男生在外面,在最好的朋友的时空休养殿,意思是,娶人后不忘兄弟情。

这样也是美好寓意吧。

我梳好了头发，兰迪姐和伊然姐往我头上插了各式各样的东西，真的是搞得我头昏脑涨,恨不得整个脑袋都要被压坏了。

各种各样的规矩讲到最后不仅脑袋被饰品压疼，更是疼痛难忍，再加上,中心的仪式需要净身,一天都不能吃下成形的食物,只能喝一种奇怪的水,伊然姐叫它"玉晨露",据说是结婚当日的清晨,当中心花园的万物开始生长之时,从最艳丽的花瓣上采集下来的纯露水,一天分数次服用后会提炼出很多不需要的东西,留下最干净的身子,去参加中心的仪式。而男方所服则是从最肥美的叶瓣上采集下来的。

清晨的露水固然好喝,可是一天只喝水不吃东西对于我这个身体是根本吃不消的啊!且不说我是个吃货这一点,再怎么说,在我转换之前,我的人类老爸也是个厨子啊!每天少说吃个三四顿,有时候一个下午都在吃甜点的我怎么能够忍受这样的待遇。

不管我求了伊然姐和兰迪姐多少次,怎样的威逼利诱最后都是一样的结果。

可是我很想问问她们，为什么司寇长老会派她们两个没有结过婚的人来教我中心仪式的一切，真的很奇怪啊！

虽然我非常能理解，在这个世界上，她们两人就如我的亲姐姐一般照顾着我，可是这也并不能成为她们教我如何完成仪式的理由啊！人家母亲送女儿出嫁，还是嫁过人的呢！

不过在这些奇奇怪怪的细节之下，我也没有任何反驳的余地，只是开心太阳升起之后，卢嫣然也过来陪我了。

她的脸色看起来还是有些憔悴，不过换上了伴娘的服饰，看起来整个人也是精神了不少。大红色的伴娘服衬着她红光满面。

六点开始，是上妆。

伊然姐负责我的新娘妆，而兰迪姐在帮嫣然化伴娘妆。

我很少化妆，不管是作为人类的我，还是转化成了捕魂者的我。少数的几次都是为了在情人节和梁易涉约会才会化上点淡妆，不过也都是伊然姐所教。

此刻的新娘妆是我前所未有的浓妆艳抹。

先是不知道打了几层的底之后，伊然姐又开始在我的眼睛上做文章，除了最基本的眼影，眼线，睫毛和绣眉外，是嫣红的眼尾，红色之上又是一层金粉和银粉，应该是为了提亮。之后，是我的脸颊上，除了正常的腮红，我的左脸上被画上了一只红色的凤凰。听伊然姐说，正常的捕魂者应该画上的不是凤凰，而是百灵鸟，只因为我是玉女的转世，现代的玉女，才会被画上凤凰。

最后,是唇了。

伊然姐叫我自己用胭脂抿了一下,本以为也会需要很多复杂的程序,这一道却如此简单。

这一秒,我又看见了那个穿着火红的嫁衣,腰间系着银铃的她。

她站起身来,转过头,脸上的笑容有些淡漠。

究竟是为什么,她有了这样的表情?

"若姐姐,你在想什么啊?"

"啊……啊!没什么!"

就连嫣然都看出了我的魂不守舍,那么就说明在场的所有人都看出来吧?

我转过脸去看她,她的妆比我淡了许多,脸上没有画任何的图案,只是被撒上了许多的银粉。眉心处,有一颗圆的找不出缺陷的红点。

"嫣然,你真漂亮。兰迪姐的手艺确实不错呢!"

"还说我呢,若姐姐,你今天可是主角,而且,你比嫣然漂亮太多了!"

一旁的伊然姐收拾着梳妆台上的东西,一面也没忘记接话,"碧若,你这话说的,好像我的技术不好一样啊!"

"哎呀,伊然姐你快别这么说。"我立马施展出平日里的卖萌技术,这就抓着伊然姐的右臂,想开始蹭。

"哎哎哎,别!今天蹭了你就是大花脸了,还怎么嫁给小涉呀!"

终于,沧溟的休养殿内笑作了一团,居然还有那些平日里不说话的魂士,也发出了咯咯的笑声,气氛变得更加欢快了。

七点过半，我们终于等来了大左右护法，带我们去待嫁殿。

4

待嫁殿是一个红色的大殿，之前也没有听谁说过。

它藏在中心之里，可是它有一条红色玫瑰簇拥成的大道直通中心殿的天梯。

我们往往从每个时空等候殿直接进入中心殿，所以从来没见过所谓的天梯。

伊然姐说过，在中心殿的上方有一条通往中心殿的琉璃天梯，高度可与青天媲美。每一个在中心殿举行仪式的捕魂者都要和最好的闺蜜，或是最有恩的那个捕魂者携手走下这段天梯，最后到达中心殿的一侧，那里是她命中注定的那个人。然后，他们要一起穿过中心殿，那一侧是主持仪式的六大长老之一的琉璃长老。

琉璃长老，出自世家月家，祖上是锦华时空掌管婚姻的天神，后归顺于中心，世代掌管着捕魂者的婚姻之事。

谁也不知道为什么月家人避讳姓氏，从来都不会在名字上加姓，也从不会有人叫他们月长老……

又开始胡思乱想了，这次是嫣然托了托我的裙摆，让我拽回了思路。

“若姐姐别发呆了，仪式八点过半要准时开始，伊然姐嘱咐我们一到八点就要往下走，这一段只有我们，所以你要集中精力，别再发呆了。”

“好。”

对于许多人来说,我是何等幸运,因为我是玉女,因为我可以拥有级别最高的仪式,因为我的伴娘是捕魂者十大显族之一的卢家唯一继承人。

光凭借这些,我也应该是那个最幸福的女孩,可是为什么,此刻我没有自己想象中的兴奋?

曾几何时,我也是抱着童话书幻想的小女孩,我也想象过自己的老公会像白雪公主的白马王子一样,给我真爱之吻;也许也会像贝尔的野兽一样,外表狂野内心温柔;又或许像阿拉丁一样勇敢守卫我的爱情。可是,最让我感动的是小美人鱼的故事,也许她的王子并不爱她,可是却给了她最美好的回忆,让她成就了最美丽的自己。

是不是我和闻风就注定如此?

我不是你的公主,只是未被你选择的爱丽儿,可是因为你,我成了最好的自己。

这一路,真的很艰辛。

长长的天梯,从我出生,到转变,到后来。

就像是一幕幕电影,在我脑海里回放着。也许女孩子走红毯时是和我一样的心情吧。看着自己走过的路,等待着和另一个人的未来。

这天梯真的好长好长,我和嫣然一句话不说,却走得异常认真。

终于,我们看到了中心殿的光亮。

一只只提灯萤不知被谁涂上了亮眼的鲜红色,每一只都显得那么的喜庆。

我深深埋下头，红纱亦和我的头一起落下，还好伊然姐用夹子帮我夹好了，我想她也发现了我喜欢低头变脸这一点吧。

收起我回忆的面容，换上一个三十度的标准笑容，我的眸对上了等在那里的梁易涉的眸。

眉眼俱笑，这是我看见他脑中唯一闪过的词汇。

很久没有看到他如此的笑容，真心又孩子气，这几年他成长得惊人，甚至让我忘记他还是个没长大的孩子。

然而，他的身侧，是他。

我望向他的眼，是寂静而古老的潭水，在那里，是我看不懂的东西。它和我第一次看到的是那么相似，只用一秒，我就深深地沉浸其中，不可自拔。然后，就是无穷无止的等待和思念。为什么，十多年过去了啊，我还是和孩子一样，无法逃出你的五指山。可是今日，我是别人的新娘，你是我新郎的伴郎。

或许，这就是世界上最遥远的距离了吧。

我望回梁易涉的方向，今天，他是我的新郎。

他穿着一身火红的婚袍，却没有我期待中的大红花。

之前还和嫣然在猜，他会不会挂着大红花出现在我们的面前，那就算是再隆重再严肃的婚礼我们都会笑瘫当场，不会给他留一点的情面。

可是没有。

他和闻风并立而站，不知为何，他们看起来很好笑。

两个穿惯了黑白的男生，一身的大红，不免有些滑稽。

我忍住了笑意，任凭嫣然把我的手放在了梁易涉的手上。然后，伊然姐走上前来，握住了我们叠在一起的手。

“梁易涉，照顾好她，她就和我的妹妹一样。”

“好。”

也许是我的错觉，感觉从来没有见过这样认真的他，他看着伊然姐点头，之后回过头来看我。

“准备好了么？”

“嗯。”

【十四】

1

当梁易涉执起了我的手。

“以后我们一起走。”

我想起了那句执子之手，与子偕老。

“以前的种种我们都忘了吧。”

我想起了那句相濡以沫不如相忘于江湖。

“我们要告别青春了，我会照顾好你。”

我想起了那句年少轻狂，少年老成。

梁易涉，我在心里对自己说，我会狠狠地忘记过去的一切，我会好好地学会爱你，我会竭尽全力去做一个好妻子，也许以后也会是个好母亲。

红色的云朵不知为何让我战栗，感觉是谁的血染成，不过其实就是提灯萤今天把白光换成了红光而已。

很多时候我不明白，为什么我们踩在云上却没有软绵绵的感觉，而那一只只提灯萤在我们身边脚下，却不会被我们伤害，这究竟是为什么呢？但我知道，今天并不是适合去想这个问题的时候。

此刻的我，是第一次穿上大红的嫁衣嫁给那个人，那个人叫作梁易涉。

我们相识于少年，走过了彼此厌恶的年少，走过了拉扯的青春，也终于走到了今天的相守。

我看向他。

他的眼里再也不是当年那个雨夜的不屑，也不是后来的狂热了。

他的眼里有我读不懂的东西，也许这就叫作成长吧。

却不知为何，我想这样的东西我在另一双眸里曾见到过，闻风。

想起这个名字，我不禁又一次愣了。

我微微侧过头，看见跟在梁易涉身后的他，一袭火红却不像梁易涉身上的那件那么繁琐，反而看起来潇洒许多。

此刻的他眼神空洞，嘴唇微抿，脸色煞白。

为什么，究竟是为什么，我的心还是会痛。

这一刻我看在眼里却必须牵着他唯一的兄弟的手，在所有捕魂者的面前,要当着琉璃长老的面,承诺下永世的相守。

他会心痛么?

我不知道。

我可以读到梁易涉的心,伊然姐的心,嫣然的心,兰迪姐的心,却读不到闻风的心。

心理学上称之为盲点。

也许就是因为太喜欢了,所以才会独独读不懂他的心思吧。

可是从今以后,我不可以。

伊然姐说过的, 捕魂者背叛婚姻的下场是终生囚禁于中心塔之底,和恶灵相伴。

我不想过那样的人生,所以我别无选择。

可是,这也是我最好的选择了吧。

一段路看起来不长,却最后走了很久,久到足够让我胡思乱想了。

终于,我们站在了琉璃长老的面前。

她是少数的几个女长老,面容慈祥,至少我见过的她一直是带着浅笑,脸颊上还有两个酒窝,那样子就像是十几岁的少女一样可爱。要不是她手上密布的皱纹,我根本不敢相信她已经有八百多岁的年纪。

这一刻,昨日还热闹非凡的中心殿安静如死寂一般,梁易涉看着我,我的目光淡淡地落在了某一处。

“年轻人,准备好了么?”笑意满满的问话,拉回了我的思绪。

“我宣布,沧溟时空梁易涉和仓央碧若的大婚仪式,开始。”

远处,是司寇长老的声音,他却没有出现。

伊然姐说过,除了琉璃长老以外,其他长老是不会出席大婚仪式的,他们会坐在中心殿正上方的银河殿内,观看一切。

仪式刚开始,是由沧溟的捕魂者唱诵一段《久睦颂》,以祈求新人在以后漫长的人生里和睦相处,没有分歧。

也许捕魂者们无法明白,为何人类世界里的夫妻总是争吵吧。

伊然姐说过,一般的捕魂者家庭很少会出现分歧,因为他们总是遵守本分,而且足够成熟。

可是在我的眼中,夫妻吵架是增进感情的方式,几百年的时间面对同样一个人,还要保持相敬如宾对我来说简直就是天方夜谭。就算是我人类的父母,在我十几年相处的时间里,也会为了鸡毛蒜皮的小事去吵架,去闹脾气,可是最后反而更加了解对方的想法。

也许是因为人类无法读懂其他人的想法,可是捕魂者不存在这样的问题吧,所以对于捕魂者来说,和平相处是那样容易。

可是我和梁易涉……

想想我们认识的十七年里,我们总是小打小闹,也曾很久不说一句话。

和睦对我们来说就是一句笑话吧。

唱完了《久睦颂》,仪式正式开始了。

琉璃长老的手中是缠绕着的红线,据说这是她的武器,也是大婚仪式上重要的器具,家族祖传。

首先,她看着我们,说着那万年不变的颂词。有一部分,出自《冥世·前章》。

“宇宙更替交错,陨石坠落人间,时空分节。五大时空在恐龙时代形成,捕魂者随之降临人间,成为最早的类人生物。我们经历了几千几万年的修炼,终于在宇宙中成为第一大的家族,却有着异于人类的天赋。两个捕魂者从相遇,到相知,到相守,是需要五千年才能修来的缘分。今日,又有一对新人,要长相厮守,我月家琉璃在宇宙间最神圣的中心殿为你们举行大婚仪式,只求你们日后夫妻和睦,家庭幸福,一同为中心,为宇宙效力!”

随后,嫣然和闻风上前,接过了琉璃长老手中的红线,一头放在了我的手里,一头放在了梁易涉的手中。

据说,若是一对夫妻是上天注定,缘分使然,红线会分结出两只红色的戒指分别套在我们的四指,然后相互宣誓。

可是为何,我们牵着线过了很久都没有任何反应?

一边的嫣然和闻风都已经愣在当场,梁易涉一脸焦急,我知道他很想发问,可是不敢。

我的目光流转到了站在高台上的琉璃长老身上,她的面容变幻莫测,那一抹笑容居然消失在了她的脸上。那一刻,她的眼里也是兵荒马乱。

“这……大长老,我们是否需要停止仪式?!”

几乎是吼出了这样一句话,我相信上一秒,她的眼前闪现了什么,只是我还来不及看清楚，就已经闪过了。

又是骚动。

这是中心殿举行大婚仪式以来的第一次，月家的长老在仪式举行一半时，要求停止。

其他长老纷纷从云里盘旋上来，个个皆是眉头紧锁，一言不发。

“大长老……”琉璃长老刚刚想说些什么，却被司寇长老举起的右手制止。

低下头，然后重重抬起，我看到了老者坚定的眼神，“琉璃长老，请您继续为梁易涉和仓央碧若举行完大婚仪式，这是我们十七个长老投票所得出的结果。所以，请您继续。我们就在这里观礼。”

“可是……”

“我知道您看到了什么，可是命运是命运，我们是我们。我们为什么不可以改变命运去做一个正确的选择。何况，也有可能只是红线的错误预言呢？麻烦您继续吧。”

命运？

命运！

是什么命运，琉璃长老看到的是什么？

为什么司寇长老那么斩钉截铁地认为我们需要去改变我们的命运，而不是遵守呢？

或许，他只是偏爱梁易涉罢了吧。

可是我始终不能明白那天的事情，哪怕是多年以后。

我想，这就是为什么最后我的痛那么真实的原因吧。

2

回想起那一天，那一场轰动宇宙的大婚，由司寇长老和琉璃长老共同主持。

我们没有红色的戒指，取而代之的是两枚银色的钻戒，汲取了北极星的光芒和天狼星流星雨的陨石打造而成，为什么我感觉它们被取出来时，是早就准备好的，而不是它们在这样的意外下打造而成的？

也许，我和梁易涉的婚姻从一开始，就是他们所谓的逆天之举，可是我真的不能理解为什么所有的人都要把我们推上那一个风口浪尖，去成全也许只能有一个人会幸福，或所有人都不会幸福的婚姻，我真的不能明白。

可是现在，我捧着一杯新鲜的血腥玛丽，坐在上个月梁易涉帮我新做的藤蔓秋千上，看着对面手舞足蹈选择婚假圣地的梁易涉，我不知怎么突然心安。

因为人类有所谓的婚假，所以即使是读书的我们，学校还是宽宏大量地给了两个月的休息，我的毕业答辩也推迟了半年，不知是该高兴还是该担忧。

与其说是我和梁易涉的蜜月，还不如说是他和伊然姐的，因为很明显，此刻的我望天发呆，而他们俩抱着各种可以上网的设备在查询世界上各地的海岛，商量着我们去哪一个比较好。

突然，一座雪山闪过我的脑海，那是我从未见过的纯净的白。

“不如，我们去瑞士吧。”

“唉？”

“唉？”

两人异口同声地抬起头，不可置信地看着我，大概是觉得刚刚我并没有那么热烈地参与他们的交流，此刻还冒出这么一个异样的想法吧。

“人类的蜜月不应该是在一个热带的海岛上，穿着长裙或比基尼，戏着水，喝着各色的饮料，然后照出各种漂亮的照片么？”

“伊然姐，到底是你们当人类久还是我当得久啊？去海岛度蜜月已经是一两千年前流行的形式了，现在的蜜月要不就是找个人超多的旅游胜地去享受人挤人、两个人不分开的感觉，要不就是找个很清静的地方去度二人世界。你们想象的方式早就太过古老了。”

空气里的氛围就紧绷起来，两个人面面相觑地看着我。

我知道对于捕魂者来说，他们拥有异于常人的本领，也有着超凡的思想，却用着旧的习惯，比如婚礼，比如蜜月。除此之外，从中心的人的穿着、生活习惯来看，他们或多或少是没有多少进步的。

就是这样，他们依旧过着他们的生活，混迹于人世间，和真正的人一样日出而作，日落而息。

也许，他们始终无法理解我这样一个拥有人类超前思维的人吧。

“那……既然碧若说去瑞士，就去瑞士吧。伊然姐，帮我们定一下行程吧，看看哪家公司比较好。”

"等等等等等……我什么时候说要找公司带了？"我简直是被梁易涉这个傻小子给气死了，"你听我说过一句要找公司了么？我说我们自己去！"

我简直是要给这两人跪了，可是看他们的表情，我知道是我一个"超现代"思想，把他们吓到了。

"其实，是这样的啦，我不知道你们上一次看到捕魂者度蜜月是什么时候了，至少，在人类世界，都是我们自己出去玩，被公司定好程序就失去了度蜜月两个人的乐趣。我想，小涉你也希望这个过程由我们自己来享受，对吧！"我露出了一个标准的三十度微笑，注意了肌肉的变化，让它看起来更加真实。

终于，几秒钟后，这个傻小子就似懂非懂地点了点头，于是我便以迅雷不及掩耳之势，架着他去了书房。

也许，宿命就是这样的弄人，现在和梁易涉打打闹闹的日子，还是那样过。没有那个人，我还是可以笑得如此开心。

是时候，该放下了吧。

毕竟，我不可以再伤害眼前这个纯净的少年了。

3

飞机已经奔腾上了几万英尺的高空，视线一点点地模糊了。

已经记不起上一次坐飞机是什么时候了，毕竟当了捕魂者后，我们就习惯了瞬间移动，这次，都是为了迎合梁易涉这个没有坐过飞机的小子，才会“返璞归真”般地坐上了飞机，飞往另一个国度。

自从当了捕魂者后，我对于过去的记忆就越来越模糊，有些时候，甚至不细想，根本就什么都记不起来，更别说是细节了。

伊然姐总是安慰我说，不论如何我也过上了属于自己的生活，只要让伊然姐放心，让梁易涉高兴，我相信这一切都会好起来的，不论如何。

其实，这次我们的蜜月，我是有邀请伊然姐一起的，可不管是伊然姐还是梁易涉，都坚持让蜜月成为我和梁易涉的私人时间，毕竟在将来漫长的岁月里，我们还是要和家人一样，永远地生活在一起，所以要有我们自己的回忆吧。最后，我也就放弃了这样的思想，不过真的没有想到，捕魂者在这个速食的时代，还能如此重视一段婚姻，也是不易了。

眼前的景象，居然在我胡思乱想后，变得如此一发不可收拾，这是我没有想到的。

梁易涉从小被伊然姐培养得只喝白水和酒，又怎么见过这样多的饮料，就在我愣神的时候，他居然就指使乘务员把所有饮料都倒了一杯，堆满了我们面前的桌板，即使我们坐在头等舱，这也是令人咋舌的情况吧。

很显然，为他服务的空姐吓了一跳，一边偷看着我们，一边继续倒饮料。

“OK, OK, it is enough, he can’t drink as more as that, thank you!”

听到我的话，眼前的丽人明显如释重负一般，给了我一个三十度的标准微笑，然后退下了。

我看着一脸委屈的梁易涉，脸上的表情也是变幻莫测。

“我的好碧若……我……”

“我什么我，你什么你！有你这样在头等舱喝饮料玩的么？伊然姐可是嘱咐过我，不让你喝这些东西的，你怎么就一转眼全要了，这不是浪费人东西么？”

“可是……可是，我真的很想尝一尝啊，从小到大，然就不让我喝水和酒以外的东西，难得这次我们两个人出来，你也要扮演一副凶神恶煞的样子来管束我么？”

看着他那一双无辜的大眼睛，忽闪忽闪地在我面前眨了又眨，我只好投降了，毕竟伊然姐又没有说为什么不能让他喝饮料，或许只是单纯地觉得这些花花绿绿的东西会对他身体不好，上了瘾就麻烦了而已，何不做个顺水人情，就让他满足一下好奇心，然后控制一点不就好了？

“那好吧，只要你答应我你不会上瘾，就这一次，下不为例，我就不会把今天的事情告诉伊然姐。”

“哎呀，我的碧若，我就知道你是对我最好的啦！”于是就在我们过道对面的大叔极度的惊讶下，他毫不顾忌地亲了我一口。

虽然在人类的世界里，秀恩爱这种事情，从几千年前就开始了，可是像捕魂者这样含蓄的种族，这种事情还是很少见的。

不过像对面那位大叔，估计是住在地下太久了吧，否则怎么会如此惊讶？

不过事实证明，那个时候的我真的想得太少，怎么也不会注意到这样一个年纪过大、风衣遮脸、还有些佝偻的老头，会和我们有什么关系。

在梁易涉心满意足地享受完各种夹杂着色素的饮料后，我要了一份煎猪排，然后，我就发现这个小子又不淡定了。

“碧若！你怎么可以这么不厚道呀！刚刚你怎么不告诉我还有好吃的，让我喝了这么多的东西，呃，我都吃不下了呃。”

我看着他说话都说不清楚，一边打嗝一边皱着他秀气的眉头和我闹脾气，我实在是被他逗笑了。

“这不能怪我呀，这是你自己选的，正常人呢，都知道，在飞机上有吃的，何况你和我坐的又是头等舱，你当去欧洲只需要一瞬间，不用吃不用喝啊？”

“呜呜呜呜……哇——你你你，我就不是人么，唔——”

在他吼出那句惊天地泣鬼神的话之前，我非常合适地捂住了他还没擦干净饮料残汁的嘴，狠狠地瞪了他一眼，示意他，再多说可就说漏嘴了。

终于被我折磨得不行了，他才呜里呜噜地向我求饶，让我放了他。

可是就在此时，当我想要放开他的时候，隔壁那个老头居然在我们无法察觉的情况下，狂野地笑出了声，这声音里，我坚信，是有什么东西我并没有捕捉到的,比如——熟悉。

4

瑞士的街头到处都是红色的旗子在飘荡，这里的人友好得过分，在你的车子缓慢地行驶在街上，他们会和不认识面孔的你打招呼,即使我们的长相一看就是两个民族的人。

机场和我们所定木屋的地方应该是有些距离的，可是一路走来，看到那么多的笑脸和友好,这一切都变得不再有距离。

梁易涉孩子的本性又一次展现了出来,他甚至摇开了车窗,用流利的语言和他们打招呼,可是我居然听不懂！真的不是英语,那么只有可能是当地自己的语言了。可是这个家伙……

也没有空去搭理他，因为这里的光景是我从来没有见过的样子，我有种身处在自然而不是人类社会的感觉。

人间,居然还有这样的仙境所在。

我想住在雪山腰上的木屋里,可是出租车是上不去的,就把我们放在了山脚下。剩下的路由出租木屋给我们的主人带路上山,而这个爽朗的白种老人居然真的牵了一头活生生的牛来！

在城市长大的我自然是没有见过牛的。

此刻一头和我齐高的奶牛,披着一身白皮,上面散落着黑色的斑点,就赫然用它喘着气的嘴面向我,着实是吓了我一跳！

梁易涉戏谑地一笑,转过头对那个老人说了些什么,两个人又笑了起来。

我抚摸着它,准备等梁易涉过来和我解释,可是这个家伙只是和老人把东西往牛身上放,我便做出了这辈子最丢脸的事,我居然阻止了他们!

“你们这是干什么啊,这样不会把它压坏么?我们的行李还是挺重的!”

“你着急个什么劲啊?刚刚 Frank 都说了,他们这里上山都是用牛运东西的,不然你指望他养的羊和鸡给你搬东西啊?”梁易涉走过来摸了摸我的头发,眼睛里是和他性格不相称的宠溺,那一秒我居然产生了错觉,我居然以为是闻风笑着摸着我的头发,“刚刚 Frank 还说了,你和他家的奶牛 Nick 很投缘,它喜欢你。”

什么……一头牛和我很投缘?很喜欢我?你是在和我开玩笑么?

无语之余,我竟然不知不觉被牵起了左手,爬起了山。

这里的雪好像是终年覆盖的,温度却不是很低,在山溪的边上,有一条崎岖的小道,一看就是人工开凿出来的,可以快速地上山。

此时,天上已经是霞光漫天,和雪山的山顶模糊成了一片,这样的场景,宛如天境。

我光顾着看风景,脚步不知不觉就会慢下来,梁易涉居然催我!真是太煞风景了!

“怎么?你不会醉心于这样的美景么?简直是不属于人间的景象,我从来没有见过这么美的地方。你看,我们脚下是终年不化的白雪,上面是和霞光辉映的山峰,身侧还有叮咚作响的山溪,你怎么可以这么无动于衷！”

他只是耸了耸肩，用最平常不过的语气对我说：“你在中心的时候都没有去过人间天河么？这里的景象又怎么能和那里相比？”

人间天河……好熟悉的词！

开启脑部的搜索功能，迅速地划分时间去定位，我终于翻出了记忆，人间天河，是中心的优胜者才能见到的极致景象。

每年的大角逐以后，每个时空的优胜者都会进入那一片中心以北的梦境之界，享受人间天河的一切一周，后回到人间各自的时空，效力于中心和各自守护的一切。

传说中的人间天河，有着万年的冰川雪山，从山顶流下的“河水”比母乳还柔滑香醇，空中雾气胜过任何人间香气，然而在这一片美景之下，若能穿过天河，便有美酒香蒲在珠帘后等候，每个洞室中的万年冰川躺椅都有奇力，可保每个捕魂者自身不受魂魄侵扰，若这七日一刻不停地躺于其上，据说还有其他功效。

每当夜幕降临，成群惊为天人的女仆、男仆便会破墙而出，服侍优胜者们就寝，天堂般的七日，令人流连忘返。

只是，这样的场景不过是车杨长老口中的奇迹，我特殊的身份，导致我不必和其他捕魂者一样经过大角逐的考验，就可以回到沧溟效力。

色性不改的车杨那样神往的回忆，必定是足够美妙的体验吧？

在中心，碰过最多孩子的人，应该就是他了。

转念一想，若如此，闻风、梁易涉，乃至杜伊然都已经不是处子之身了么。

他们把第一次都献给了中心的天人，如此想来竟然有一刻的失神，我看着牵着我手的男孩，那一年，他才十二岁，对么？那么闻风，也应该是一样的？

这一刻，我对中心的敬畏居然有一瞬的恍惚，明明应该很敬重的圣地，为什么要做这样的安排，为什么要让他们都有过那样的经历后再回到人间，原因是什么呢？

我猜不透。

此刻，梁易涉提起了人间天河，那么是否代表着，在他的心里最难忘的地方、最难忘的人都停留在了那个梦境之地呢？

下一秒，我竟然就甩开了他的手，自顾自跟上了 Frank 的脚步，不顾他在后面的叫喊，拉开了距离。

此刻心里的异样从何而来我不知道，我告诉自己不必介意，那不过是每一个捕魂者都应该经历的过程，不过是我没法参与这样一个过程而已，可是不知不觉，我们一路无话到了半山的木屋。

Frank 估计是看我们之间的气氛有些诡异，就简单交代了几句，把屋子的钥匙交给了梁易涉，一步三回头地走了。

此时，月光倾泻下来。

我看着眼前的木屋，脸上没有一丝表情，就这么瞪着梁易涉把东西都放进了屋里，然后才拔腿走了进去。

那不是什么很大的屋子，可能是住惯了伊然姐的大屋子，看着这样的小房子，我有些小小的拘谨感。

梁易涉几次想过来问我话，可是都被我的寒冰气场给击退了，我用眼神告诉他:姐姐我不想理你,你哪凉快哪待着去。

试了几次无果,他也就放弃了,打开了左手上的手机,估计是找伊然姐去了。

我记得他的手机里只有几个人的联系号,一个是我,一个是伊然姐,再然后就应该是他们班上的那几个同学和他们教练了。

我们的生活圈,真的不大。

除了彼此,就是那寥寥几个所谓的朋友了吧。

可是谁又知道,其实我们只有彼此仅此而已。

捕魂者,就是这样的孤独吧。

我看着没有开灯的屋子,月光正好可以洒在他坐的沙发上,左首忽明忽暗的光照射着他刀刻一样的面庞,而我失去了所有的感官。

【十五】

1

不记得昨晚我是怎样睡着的,只是起来身边的床铺很干净整洁。

我走出了房间,桌上是牛奶和面包,房里空无一人。

喝一口牛奶,腥味让我不由得皱了下眉头,这应该是刚刚挤出来没有经过加工的牛奶吧。吃了已经凉了的烤面包过过口,突然被屋外的声音吸引住了,我不由得就走了出去,忘记自己还穿着睡裙。

雪山早上的天气很好,空气清新,不过有些寒意,我站在门口,就看到了不远处坐在篱笆上的梁易涉和Frank在用我听不懂的语言交谈着什么。

“哎,怎么这么就出来了? ”

发现了一身单裙的我,梁易涉径直走了过来,为我披上他的风衣,几步外的Frank脸上洋溢着慈祥的笑容。

这一刻,我真的觉得自己就是和丈夫出来度蜜月的新婚妻子,我的丈夫早早起床为我准备好了早餐,然后和这里的主人聊天等我起床。

可是,当“人间天河”这四个字出现在我的脑海里时,我想起了昨天的一切,我们其实刚刚吵过架,不是么?

我清了清嗓子,掩饰我此刻的尴尬,脱下他的风衣,低头就回了屋里。

我看到了他脸上的错愕,可是我真的不知道该如何面对他,面对我心里对他们的猜忌。

换上牛仔裤和薄毛衣,我的手不知怎么触碰到了箱底的一条牛仔裙上。

异样的感觉,是雷劈一样的撼动。

一幕幕画面闪过我的脑海,为什么,那一年,我就是穿着这条裙子,被闻风的白狗咬到的,对么?

可是明明我回到沧溟的生活和过去几乎没有任何交集,为什么这条裙子会在我的箱子里出现,我自己都没有注意过。

不知不觉中，我已经忘了很多事，结婚后我逼着自己忘记和闻风的一切，好像我做得很好，我已经很久没有抬头看那颗天狼星了，也很久没有单独想起闻风了。

为什么，今天，我又看到了这条裙子，看到了过去的事情。

我不知不觉就换上了它，居然只有一点点小了，这些年我的身材看来没怎么变化，只是长高了些而已。

看着镜子里的自己，我禁不住伸出手想去触摸，却看到了眼角的细纹和唇边的苦涩。

一切都是回不去的风景，不是么？

又披上了一件毛衫，我就从后门走了出去。

也许现在，我并不想面对梁易涉，那个名义上是我丈夫的人吧。

2

走在雪山上，太阳刚刚升起，今天我好像起得很早，沿着山溪行走，甚至能闻到早上空气里特有的新鲜感。

看着那奔流向东的溪水，回忆一下子就把我撕扯开来，一发不可收拾……

十几年了吧？

时间过得真快啊。

今年是 4027 年，还是 4028 年？

我想我早就不关心人类的纪年了吧。

捕魂者的纪年法是特殊的，第一次去中心我就发现，偌大的中心没有任何一种和钟表相似的东西，只有沙漏，所以普通的捕魂者很少记录时间，都是由司宇长老掌管，而我们的生日节日等特殊的日子，他才会在几天前告诉我们。

曾经我好奇，我们几万个捕魂者都由他一个人来计算会不会太累，后来才发现，像闻风这样特殊身世的人不在少数，他们有些人的生日是在被领养的那一天，这只是少数而已，像梁易涉。据说，闻风是不过生日的，他的来源是个秘密，就算是我问伊然姐，她都支支吾吾说不出个所以然来，也许他真的不一样吧。

瑞士的雪山是常年没有人迹的冰封，偶尔看得见人烟的地方都是只会说土语的不知道祖祖辈辈生活了多少年的人们，看到他们右手执鞭，左手牵着牛，对经过的每一个人报以微笑，即使他们不知道你从哪里来，要往哪里去，有着怎样的过去，有着怎样的未来。

如果将来，我和梁易涉也做了多年的捕魂者，我们没有更多的欲望去做更高级的捕魂者，那么我们是不是也可以在这个雪山上建一个小木屋，种着花，养着草，喂喂牛羊，对经过的每个人微笑，日子就可以这样重复百年，千年，直到我们不再用人形存活于世？

真是……傻得可以呢。

先不说梁易涉怎么想我还未可知，一直以来我最好奇的事莫过于捕魂者们的去处。

和人类百年的生命不同，当然和巫师千年的生命亦不同，我从未听说过捕魂者的正常死亡。

我从未问过任何人这个问题，奇怪的是，就连任何一本书籍都没有记载过这件事情。

游游荡荡，心中思绪万千，我竟然就这样走到了山下，看着眼前的山路，心里大致也有了些概念，就这样走着走着，快走到了通往另一个城市的街口。

太阳懒洋洋地停在空中，时间估计已经到了晌午，这一路慢走，竟然也有些渴了，看看四处的景致，是大大小小的木屋，心里猜想着可能是一处居民区吧，看看能不能碰碰运气去哪家要点水喝，可是居然就在这个时候，看到了一间藏身于民宅中的钟表店。

其实它并不显眼，夹在几家之间，同样的木屋，却有个橱窗，上面挂满了各样的钟表，却没有名字。

我推门进去，就听到一个苍老的、却充满了愉悦的声音对我说："Hallo！"

"Hallo!"心里下一秒就开始慌张，因为我的德语水平只限于打招呼。

"How are you, young lady?"

"It's a beautiful day. How are you?"

"Good, good. Every day is a good day, but today is special, because you come to here. So, where are you from?"

"China."

从我进门到现在，老人的脸上总是挂着淡淡的笑容，他满脸白花花的胡子和头发，嘴里叼着个古朴的烟斗，这东西我只在博物馆中见到过，还从没见过实物，从前，有个人类老师曾说过，这个东西三千年前诞生，却早就消失在历史的洪流中，所以从这一秒开始，我开始怀疑这个老人的身份，是否和我一样。只有捕魂者才能这样生活古朴。

在我思考这些问题的同时，屋里的钟摆滴滴答答，我竟忘了老人良久都没有说话了。

我想起这些，将目光投向他时，只见那一张满布皱纹的脸上老泪纵横，烟斗搁置在手边，手中在修的钟表居然也停在了原地。

我大惊失色，"Are you ok？"

"孩子，你是捕魂者吧？"

花容失色，这是现在唯一可以形容我的词了。

我慢慢地从店的这一头，走向另一头的老人，极慢极慢，小小十几平方米的地方，我走了十分钟之久，"您……怎么知道的。"

他拭去了脸上和眼角的泪水，从他的抽屉里拿出了一个相框。那也是个木质的相框，几步的距离我却看得出它做工精致，让我讶异的是，上面竟有个笑得很灿烂的中国女子。

年纪在二三十岁，穿着亮眼的橘黄色披肩，戴着一副浅咖啡色的大墨镜，笑得很夸张，却给人心旷神怡的感觉。她张开双手，身上还穿着一条蓝绿色的长裙，背后是一望无垠的蓝天和雪山交相辉映。

"这是……"

"这是皇甫清鸢，是我太太。"

他站起身来，佝偻着脊背，在我的印象里，不会有哪个捕魂者会年老至此，可他，一看就已经步入了风烛残年。

他走到了内室，端出了一整套中国茶具，青花的底子，纯白的瓷器，一看就是上等货。

他又取出了一些茶叶，清香四溢，是上好的魁龙珠，江浙一带的好茶。

茶香充盈了整个小屋之后，他开始给我讲故事。

“我，是这里的捕魂者，沧溟少数放逐在外、只有特殊任务才会召回的捕魂者，而我也已经有几百年没有执行过任务了，也正是如此，你不可能在沧溟的《捕魂者记录簿》上看到我的名号。

“八百多年前，我也是个意气风发的小伙子，被中心收养，后回到沧溟，回到瑞士。当年的橡豫大劫，各个时空的山河都是魂魄的结界网，所以我们奉命镇守，这一守，就是一生。

“我遇到清鸢是大劫过后的几年，她是锦华时空中国的大家小姐，出生人类家族，家中世代从商，是商场上赫赫有名的家族。那一年，正巧我去锦华捕魂，她去瑞士观光，那灵魂就附在她妹妹的身上，可是我收魂的刹那，看到了她的笑靥，从此就再也不忘了。我恳求锦华的朋友让我客居几日，我仗着自己修钟表的手艺，偷偷弄坏了她的怀表，然后借故修好，当导游陪她们四处游览，也学会了中文。

“这张照片就是那年，我在雪山脚下为她拍下的。

“后来，我们偷偷私定了终身，我答应她陪她回中国。可是你也知道，捕魂者的大忌，就是和人类通婚，这样我们的秘密就会被泄露出去。当然，除了你。我知道你是唯一的逆转之人，所以你和他们并不相同。

“我随清鸢私奔的一个星期之后，中心的使者就来访她家，告诉我我已经触犯了法则，如果我愿意就此和她斩断关系，并抹去记忆，就从轻发落。而我，也是年轻气盛，爱情来了哪里管得了那么多，就带着她逃去非洲的部落。可是天网恢恢，疏而不漏，天下之大，又有哪里真的可以躲得过中心的耳目呢？我在使者再度来访之时，求他抹去我的一切功力和记忆，我愿意陪她一生一世，只做个凡人，那使者表面上答应了我，却在那一晚，以干涉捕魂者公务之名，处决了清鸢。从此，天地间就好像再也没有了这个人一样。

“我被他们带回了中心，条条大罪都直指我而来，那时候的我，满心都希望他们可以处决我，这样天下之大，谁也无法阻止我去寻找清鸢的魂魄了，就算是天涯海角，我相信她破散的魂魄还是会被我找回来。可是司寇长老没有这么做。他命人褫夺了我捕魂者的称号，回到沧溟的瑞士，一生听命于中心，在危急关头，或以自身作为补丁填补结界。我将永世不得死去，我只能这样，以苍老的容貌活着，忘不了清鸢，可是也再找不到她的任何痕迹。”

良久，只有钟表的滴答声。

窗外的夕阳红彤彤的面庞，就好像一扇玻璃门隔绝了这室内和室外的一切。

手中的茶已不会发出袅袅青烟，只看出茶杯底部的“皇甫制茶”。

终究，皇甫大小姐还是留下了些东西在人世之间，给这个老先生留下了永生永世的念想。可两人终究不得再相见。

3

我忘记了是如何回到了我和梁易涉租的小木屋，这一天，过得是那么冗长。

爱情究竟是怎样的一种东西呢？而我对闻风的感情是否可称得上是爱情？

我曾经为了他变成了一名捕魂者，可是就算是我变成了捕魂者和不变又有什么差别呢？梁易涉和杜伊然一再地提醒我，他不可以爱。他不可能和那个钟表店的老爷爷一样吧？会为了皇甫清鸢放弃一切，哪怕承受的是永生永世的痛苦。

早就听说中心的手段，若是翻脸不认人，最后必定是晚景凄凉，我怎么都没有想到，那个高高在上、面目慈祥，甚至认梁易涉和闻风为义孙的司寇长老居然会用如此毒辣的惩罚方式去对待一个手无缚鸡之力的人类和一个坠入爱河的捕魂者，那么，他的内心究竟是怎样狠毒？在这样的人心里究竟还有没有爱可言呢？

真实愚蠢啊，我竟然忘记了，我们是没有心的捕魂者，我们本应跳动着的血肉之心的地方只是一颗不会说话不会运动的珠子而已，又谈何爱呢？

我就这样坐在牛栏边，也不知道坐了多久，没听到梁易涉叫我吃饭，只在夜光如水时感觉到他在我肩上披上了条毯子。

不自觉地将手附在肩上，我却感觉到了他的温度。

“你见到文森特爷爷了吧？”

“嗯……嗯？”

“就是那个钟表店的老爷爷，没想到这么多年了，他还是不肯走出来，守着他的钟表店，真的就要这样熬过永生永世么？”

“你……”

“我是怎么知道的？其实这件事情是沧溟公开的秘密了。瑞士的手工钟表店随着时间的推移就只剩了一家而已，店主是个脾气古怪、好像常年又不缺钱的老人，其实我们都知道，他已经断食两三百年了，所有的收入全部用来买皇甫家生产的茶叶和烟草。可是他的惩罚就是如此，他会变老，会生病，却无法真正死去。他的职责就是守住沧溟的最后一丝防线，如果真的有恶灵冲破了雪山上的主结界网，他的任务就是用身体作为补丁永远地补上缺口。或许这也是因为，八百多年前，他曾是沧溟的下一任掌控者吧，只是天赋异禀的他自己放弃了。”

又是沉默，不知道今天的旋律是不是就是沉默呢？

我听到了一个故事，这个故事的主人公有着凄凉的身世，一场有始无终的感情和一生无法弥补的遗憾。

如果我是他我会后悔么？

没有答案，也许这就是我变成捕魂者后的悲哀吧？再也无法为了一段冲动而奋不顾身地去成为另一个世界的人。

可是和那个老爷爷相比，这些又算得了什么呢？

不知不觉中，披着月光，看着星星，我就模模糊糊进入了梦乡。

恍惚中，我听见了梁易涉的一声叹息。

4

连续几天都是阳光灿烂，但是我居然开始抗拒出门，也抗拒见梁易涉。

就这样我蜷缩在房间的角落里，不想吃喝，只是低头看地毯，因为我对它施了法术，我又可以看到闻风的一举一动了。

我看着他每天天不亮就起身，然后吃些水果就去晨跑，太阳升起后去上班。

他吃得很少，几乎都是些压缩食品，喝很多水，淡然地处理每个问题。第一次我发现，原来在橡豫，他做的工作是公共部经理，这么不苟言笑的一个人去做公关，实在是让人忍俊不禁。

也不知道几天过去了，在我享受着他晨跑的英姿时，梁易涉居然第一次就这么闯进来，看着我，眼里满是愤怒。

"仓央碧若！你究竟要这样到什么时候？你已经嫁给了我！你嫁给我了！闻风他有什么好，他是不可以爱上任何一个人的你知不知道？你这样折磨自己毫无意义你懂么？我说过我会给你幸福，你不信我对不对？不然你怎么会这样对我，这样对你自己呢？你可以很幸福的，我可以给你全世界你知道么？现在我把一切都捧到了你的面前，就看你要与不要了！"

我缓缓地抬起头，空气里有牛奶的腥气，也有我身上的味道，我看见他走近我，我还是不懂。他掀开了我身上的毯子，慢慢褪去我穿了不知道几天的衣服，然后抱起了我，扔进了早就准备好热水的浴缸，开始帮我擦澡。

也不知道是这几天太久不说话，嗓子里干干的，我吐不出一个字，四肢也像是僵化了一般，就这样任由他摆布着，也忘了这是我第一次和他坦诚相见。

渐渐地，热气将我的思维拉回了现实，我忘了去确认他有没有处理被我施法的地毯，只是顺从地被他穿好衣服，然后走出门去。

阳光是那么刺眼，我反射性地遮住了眼睛，他看着我，竟然笑出了声。

“走，我带你吃饭去。”

然后，轻轻地，他不着痕迹地牵起了我的手，向山下走去。

我们就像是一对相恋很久的恋人一样漫步在瑞士清晨的阳光里，路过的人们对我们微笑，偶尔也会有人说一句：“Hallo！”

梁易涉随手推开了一家店，是个老奶奶的西餐厅，他点了面包和牛奶，那个老奶奶的笑容，是那么温和，就像是曾经在哪里见过的一只慵懒的猫咪。

老奶奶是本地人，不会英语，所以只是笑着看我们吃饭。我看见远处的大钟，时间已经指向了十，怪不到这家店里看不到一个人。这里的人们虽然生活闲适，可是依旧起得很早，迎接阳光和新的空气，新的一天。或许，我就是喜欢这样的生活态度吧？虽然在国内我起得很晚。

时间尚早，梁易涉在我耳边讲着蹩脚的笑话，我们就这样游荡在热闹的街头。

“今天中午开始有个游行，听说会有欧洲著名的马戏团过来，我们一会转转估计就来了。”

“嗯。”

不远处一个小姑娘捧着一大束纯白色的雏菊向我们走来，“Good morning gentleman, buy bunch of flower for this beautiful lady!”

她不过十二三岁的样子，一手捧着花，一手还牵着个小男孩，男孩子大约才几岁的样子。

“OK, I'll buy all your flowers, and is that enough for your mother?”梁易涉掏出了1000块的瑞士法郎，还等不及我阻拦他就笑着接过了他们的花，然后挥手告别。

我诧异地看着他，心里多少有些不快，“小涉，你怎么可以这样乱花钱？”

“碧若，你看到他们的心里了么？”他突然定定地看向我，并将那一捧花放在我的怀里，“这两个孩子很可怜，他们的爸爸过世早，妈妈终日劳累，最后住院，姐弟俩没有钱付住院费，才会采了野花来卖的。”

“他们并没有说，你是怎么会知道这些的呢？”

“你学会了读我们捕魂者的心理，可是，你还要学会读人类的心。”说着，他揽住我的肩膀，把我转向了人群，此时距离游行还有一个小时的时间，人们已经纷纷聚集到街上来了，大家簇拥着，欢笑着，认识的不认识的都在讨论，梁易涉就这样挑了一个人让我将眼睛对上他的，“你看着他的瞳孔，最深的地方，然后静下心来，看到他的心里去。这个过程最开始会很难，因为你肯定抓不到要领，你需要慢慢地，慢慢地用你的眼睛抓住他的心，然后你就能看得到他的心里去了。”

“我看到了！他是个酒鬼，在想今天还要去哪里蹭酒喝，因为昨晚和人喝酒赌博，输光了所有钱！而且，他还想趁游行可以找到时机偷点钱财！对不对！”我看到梁易涉的脸上绽放出了笑容，温柔地冲我点点头，我就知道，我答对了。

“不过你现在还是只能看到现在的想法，因为你的心还不够静。”

“那我至少看到了呀！”此刻的我，竟然噘着嘴，对着梁易涉撒起了娇。

他有些无奈地看着我，“那是因为你是逆转之人，资质很好，很有天赋的缘故。”

有些泄气似的，我缓缓地低下了头，我的心不静，是因为太多的嘈杂和想法，扰乱了我的心志和思绪的缘故吧，我悄悄地抬头去看梁易涉，逆光的角度让我看不清他的脸，但是我笃定，他在看着我，所以我又一次低下了头，不知道他能不能看透我的心。我想是的吧，只有我思绪混乱的时候，我才无法读出他的想法，可是他对我，依旧了如指掌，让我无处遁形。

远处开始了喧闹，游行不期而至。

那些小丑穿着色彩鲜艳的衣服，脸上涂上了五彩，努力地表演着杂耍，逗乐了所有人，留下的只是短暂的笑声。

或许是我的心里藏了许多事，脸上浮现不出任何的笑容，竟有个小丑就拽着我的手，要和我一起表演节目。

我回头看向梁易涉，他居然眼里尽是笑意，示意他们可以。

突然就气不打一处来，我刚想追回去打他，身边的人已经开始表演节目。

他先是拿出一个气球，三两口就吹成了足球大小的样子，“啪”的一声，他戳破了气球，里面居然飘出了白色的羽毛，个个都和小臂那么长。接下来他在羽毛上涂上红色的颜料，然后快速抓住我脑后的什么东西，很快，羽毛不见了，取而代之的是一朵新鲜的玫瑰。他将玫瑰递给我，又抽走了一朵刚刚梁易涉买下的雏菊，搓下了所有花瓣，搓揉几秒，居然飞出了一只活生生的鸽子！

表演结束了，我也被簇拥回了梁易涉的身边，脸上挂着的笑容是无法掩饰的欢乐。

我抬头去看他反光的脸庞，隐约中看到了笑意。

那是一场欢乐的游行，每个人都沉浸在喜悦中，大家唱着歌，跳着舞，不管认识还是不认识的人，在这样一个美丽的午后，参加着整个村庄的一场大舞会，我看到了很多人，和很多笑脸，也看到了站在远处的钟表店爷爷，他的脸上是淡淡的微笑，可是我知道，他心里一定也是愉快的，因为我看到他的眼里，满满的都是皇甫清鸾的影子。

我回过头，看着身边和一个大摆裙姑娘跳舞的梁易涉，他的目光也恰好停留在我的身上，我安下心来，静静地听，我听到了他的真心，对我的真心。

太阳就快要下山了，人们还是不愿离去，可是游行的车队就要启程去下一个城市了，这样才能赶在明天中午前到达，于是人们坐在地上欢声笑语，讨论着刚刚的游行。

家庭主妇们拿出了刚刚出炉的面包，和酿好的葡萄酒。

我想，若是不来到这里，我一辈子都无法看到如此和谐的景象吧？这种快乐是充盈在空气中的尘埃，没有人会将它赶跑。

我静静靠在梁易涉的怀里，听着他和旁边的一个老妪聊着天，有一搭没一搭的。

那个老妪是个孤苦的老人，她来自白俄，从白俄到这里她都是凭着一双脚和一根拐杖走过来的。

她说她的家人都纷纷过世，最后偌大的家里只剩她一人，在她63岁时决定徒步旅行这件事，于是一直走了十年，她终于走到了瑞士。

她曾经是个忙于工作忽略家庭的人，因为工作忙她没能照顾好她的小儿子，刚刚出生就发烧过世。后来她的丈夫也得了癌症，她却因为一个项目待在日本七年，直至她丈夫过世。再后来她的大女儿嫁了人，因为丈夫嗑药，家暴致死，大儿子也因为失业最终无人问津而坠楼自杀。

我清楚地记得，梁易涉对她说的最后一句话是，“Беражыце сапраднную адз н.”

后来他告诉我，这是俄语中的“珍惜眼前人”。

我们目送这个老人踏上了新的旅程，然后又不再说话了，我看着他，看着天边的月亮，突然转身走进一家酒吧。

“Tequila.”

“干什么，干吗喝这么烈的酒？”

“这不是有你在，记得把我扛回去。我没有大醉过，你别管我。”

那一晚,我喝了一杯又一杯,用我仅会的德语和酒吧的主唱有一搭没一搭地聊着天,隐约中,梁易涉在我身边喝了一晚的果汁和牛奶,滴酒未进。

我记得那是个很有趣的少年, 他的梦想是两千多年前的 Beatles,他为此在瑞士的各种酒吧驻唱,却无人问津。

“I used all my life time to write new songs and sing them, but no one wanna sign with me. And have no reason.”

或许是知道我们并不会德语,他用这样一句磕磕绊绊的英语结束了我们的对话,仰头喝尽了杯中的 Whiskey,然后回到了他的舞台,继续弹唱着他原创的歌曲。

人类和捕魂者比起来最强的一点在我看来,竟是那百年的生命。

因为生命有个尽头,虽然随着时代的发展,活到 200 岁已经不再是奇迹,可是突破这个数字的毕竟是少数。对于捕魂者来说,200 年简直就是生命的一个零头罢了。但是这样的一个期限,注定有些人不甘于就这样活过,才会有了梦想,才会去争取灿烂的刹那芳华,即使很多人随着一抔黄土随风而去, 可是也有人和 Beatles 一样永远留在了人们的心里。

捕魂者们有大把的光阴去挥霍去生活,可是我见过最大的抱负和胸襟也不过就是将一个时空掌控好,或是得到司寇长老的位置,仅此而已。

我们的生活是那样乏味,为何就不能有一丝改观呢?

我仓央碧若怎么说也该是个逆转之人,是不是一番成就才能不虚这一生的修为，不辜负众人的所托？

“哎哟！”梁易涉居然趁我沉思之际请我吃了一记爆栗。

“你想破脑袋也是不可能的。”他看着我，双颊映红，不知是我喝多了还是灯光的映衬，“捕魂者终究无心，没有心的人怎么去建立理想，追赶梦想？”

我把手附在他的心口，“那你告诉我，既然我们无心，你为何对我情根深种，说爱我如斯？那这不是赤裸裸的谎言，又是什么？”

他失了神，变得沉默起来，我一杯接着一杯地灌着自己，不知是为了什么。

他看着摇摇欲坠的我，指尖突然变得微凉，怀抱不再和火炉般温暖，是闻风……

只有我的闻风少年才有冰凉的指尖，冰窟一般的怀抱，沉默的气场，冷漠的神情和永远无法对焦的视线，原来这世上最好的东西真的是酒，只有在这种境地之下，我心心念念的少年才可能拥我入怀，或许以后真的要多喝点酒了，这样，就不用只在我的地毯上看着他的一举一动，而是真的可以依偎在他身边了呢……

“闻风……闻风……”

明显感觉到拥抱着我的双臂一震，我也不知为何，两手缠上了他的脖子，意乱神迷中，开始吻他的唇。

那样的冰冷，就像是刚刚从极北之地取回的冰雕一般。

“闻风，闻风……你再冰冷，也有我将你焐化……”

越吻就越往下，意乱神迷，灯火缭绕，纸醉金迷间，一切都好像水到渠成般毫无违和感……

【十六】

1

浑身疼得就像是要散架了一样，我眯着眼睛看着四周，是我们的小木屋，可是窗外竟然没有一丝的阳光。

脑子里“嗡嗡嗡”的响作一片，一去回想就疼得整个脑仁都揪了起来。

“醒啦。”是梁易涉，他正端着一碗什么东西，站在房间门口，已经记不起有多久不让他进房间了。

我偷偷掀开一角被子，看到身上是我的纯棉睡衣，瞬间用一个提防的眼神望向他，而他，第一次毫不抗拒地看我，眼里笑里，不再只是过往的顽皮，更多的，居然是一种我看不清的情愫。

“你已经睡了一天了，昨天喝得酩酊大醉，所以吐了一身，衣服我已经扔了，换上了干净的。”

为什么我还是感觉哪里不太对？想起身时，才感觉到了下身剧烈的撕痛，“嘶——”

“别动！”只见他放下手中的碗，也顾不得许多，直直地奔向床边，然后把我抱回床去，“怎么这么不小心，第一次之后难免会疼得厉害，你多躺几天吧！”

什么?！第一次?！

也顾不上头疼得厉害，我努力地想，回想昨晚的种种。

我喝了很多很多的Tequila，然后就和驻唱的少年聊天，然后呢?然后，我看到了闻风，我们就……

我抓住了梁易涉的袖口，“小涉，小涉，闻风呢?闻风昨晚来过对不对?你告诉我他在哪里好么?你快告诉我呀！”

他变得安静下来，静静地看着我，眼里从刚刚的柔情变成了冰冷，可是我的心太乱，根本读不出他现在的想法，或许因为我成为捕魂者的年岁太少，怎么及得上他从小就接受这样的训练。

良久的沉默让我感觉心更混乱，也不知道过了多久，当窗外的月光倾泻进了屋子，他张开干涩的嘴唇，“碧若，明天，我们回家吧。”

“不！”我死死地拉住了他的衣角，阻止他离开床边，几乎哭喊出来，“不！梁易涉！你告诉我，闻风在哪，闻风在哪?”

他第一次这样甩开了我的手，直接将我半个身子都摔到了床上。

“闻风，闻风，闻风！你就知道闻风是么！这是哪儿?这是沧溟！不是他的狗屁橡豫！你他妈现在是我的女人，昨天晚上是你要和我睡的！可是没有人比我更失败了吧?我自己的女人，做完第二天早晨起来却喊着其他男人的名字！你这他妈是在逗我么?嗯?！我梁易涉，虽是沧溟遗孤，可是，我怎么也是大长老的义孙，沧溟下一任的掌控者，可是你，仓央碧若，谁给你的这个权利羞辱我至此?是谁！”

话毕，他摔门走出了房间。

空旷的房间里，没有一点点的灯光，只有窗外映下的皎皎月光和点点星辰提醒我，这一切，都是事实。

梁易涉一直像个孩子，他为人莽撞中带着亲和，从未见他说话如此激烈，言辞中带有脏字。这一下子，跑出来这么多，可想他心里的恼怒！我虽气恼自己不够自爱，喝醉酒误将他认作了闻风，可是终究不过是我负了他，而不是他对我不起，所以还是要去和他道歉，毕竟，他还是我的丈夫。

忍住下身的疼痛，摸了件沙发上的披风披在肩上，穿了条厚些的裤子，我推开了门走出去。

在屋里有他烧好的炭火，自然不会感觉冷，可毕竟是山上，刚一出门就微微一哆嗦，一不小心就听见了他的声音，除此之外，还夹杂着别人的声音，说的竟是捕魂者标准的中心口音。

“所以，打算这几天就回去了？”

“嗯，毕竟是蜜月，怎么也耽搁了一个月，回去学校那边还有些事宜，办好了就要毕业了。”

“时间过得也真快啊，记得当年我捡到襁褓中的你，已经那么多年过去了，如今我不过是个农夫，连中心大典都和我无关了啊。”

“义父您别这么说，您和文森特爷爷都是好人，怎么最后都成了‘补丁’，司寇爷爷有时候也有失偏颇。”

“小涉你别乱说话，中心办事一向是公平公正，怎么会有偏颇，走这条路也都是我们自己选择的，谁叫我们都只是平凡的人而已，爱上人类怪谁都没用，只能怪我们自己。家有家规，国有国法，中心如果没了规矩也是要乱套的。自从文森特那件事以后,中心对于人类和我们的界限更是有明文规定,可是我们这些‘补丁’终究是自己选错了路才会有了今天。只是我太过懦弱,保护不了心爱的人,也没有勇气和她私奔,才会责罚比文森特轻,可是又有什么两样啊。我们没有你幸运,仓央姑娘是注定的逆转之人,所以即使她是人类的骨肉,你们也可以在一起。”

话题转到了梁易涉这边,他居然不再接口,我在月光下站了良久,三个人都没有动静,但是我知道,他必定知道我站在那里,所以才不接过话题继续聊下去。

无奈,我只好出来打个圆场了。

“小涉,你在和谁说话啊。”

两人都不接话,想必是都感觉到了我站在一旁偷听已久,所以脸上都没有意外的神情,于是我趁机看了看那个和他说话的人,那人明明是夜里还头戴一顶旧式的牛仔帽,上身一件磨破了边角的牛仔夹克,下身是深棕色的牛仔裤,足上蹬着一双马靴,标准的牛仔打扮,手上还扯着几根麦穗,实在是看不出来他竟然也是一名捕魂者,或者说,前任捕魂者。

“小涉,我有事和你说,可以让这个人回避一下么?”

“没有这个必要吧,你要和我说什么?他是把我抱回中心的恩人,是我半个父亲,有什么事不能当着他说?”

我看了看他,眼里心里满是执拗,又看看旁边的老牛仔,以迅雷不及掩耳之势勾住了他的脖子,踮起脚尖吻上他的唇。

不料，他居然狠狠地推开我，“仓央碧若，你疯了吧?！我不是闻风，你不需要对我投怀送抱！”

我慢慢地从地上站起来，很慢很慢，因为刚刚一屁股坐在了地上，下身刚刚好转的疼痛又一次撕扯起来，“梁易涉，我没疯。我既然嫁给你，也已经没有选择。之前我没想清楚，现在我想清楚了。我记得中心有一种秘术，车杨师父曾经说过，这个咒语可以封死一个人的记忆，如果加上些幻术，对捕魂者也有效。其实很多捕魂者在执行任务后都会施展这个法术来封锁人类的记忆，可是封锁捕魂者的记忆却被视为禁术是因为《时空典志·时空计年后章》曾记载，时空几年后2115年，烛照时空叛逆者瞿铭意图挑战作为烛照掌控者亦是师兄的瞿铃，私用秘术篡改及隐匿他的记忆，造成烛照时空的时空混乱，他趁机代掌权，意图一改天下，却没瞒住当时大长老的法眼，最终被判终生监禁于中心塔，此术最终也被定为禁术，对吧？”

他们对视了一眼，有些不可置信地看着我。

“碧若，你不是几乎没有看过《时空典志》，你是怎么知道的。”

“你忘了我在做人类的时候，就有过目不忘的天赋了么？对我来说，看过一次的东西就记住不是什么难事，更何况，是我感兴趣的东西呢？”

一边没有插话的老牛仔突然跨过了阻拦在我们之间的栏杆，抓住了我的手腕，“姑娘，既然知道是禁术，为什么还要我们这么做，你就不怕中心降罪？”

“抱歉，我偷听了你们的谈话，知道了你是昔日的罪人。降为‘补丁’虽听命于中心，可是毕竟不受管制，所以我希望你，能帮我。”

2

整个过程没有我想象中的困难，只是找了个缺口处，梁易涉在我们的范围内设下了结界，一个人守在外面，确保无人打扰。

我和那个人，也就是梁易涉的义父梁初凉进入了结界，两人相对盘腿坐下，我阖上双眼，下一秒就好像跌入了梦境。

也许这是个很长很长的梦，我看到了初生的我，在一个粉色衣服的护士怀里，我那般的“乖巧”，一声不吭，甚至没有一般婴孩的啼哭，整个小脸憋成了酱紫色，在一个角落里，我看到了许久不见的灵狐长老，他一身紫袍，手中的镜子微转，阳光射进镜子，又射中了我巴掌大的脚底心，“哇”的一声，小小的我爆发出巨大的力量一般，就这样哭了出来，身边一众烦恼的护士们也露出了欣慰的笑容。

场景转换，我学会了走路，大概也就是两三岁的年纪，在大大的树荫下，春色宜人，可是一帮大孩子们趁着妈妈和别的家长聊天的空隙，用小石子打我。

树干后，紫色道袍的灵狐长老又一次出现，手中的镜子转动，很快那些大孩子就自己倒地求饶……

大梦三生，原来早从我出生开始，我便是注定的逆转之人，而灵狐长老在我的生命中，无处不在，只是当年，我并不知情罢了。

再醒过来的时候，是个中午，床边是梁易涉和梁初凉，他们有一搭没一搭地聊着天，我看了看窗外，是个晴天。

“哎，醒啦。”果真是梁易涉先发现了我。

“我这是怎么了？”脑海中，一片空白，细碎的记忆侵蚀着我的脑袋，可是我总觉得忘记了什么，只是看看眼前的人，好像确实什么都没忘记。

梁易涉看着我古怪的模样，过来试了试我的额头，被我一把拂开，“干什么干什么，老娘又没死，摸什么摸哦。”

“呵。”不知为何，梁初凉在一边冷笑一声，我和梁易涉把目光投去，只见他浅笑摇头，说着没事。

“怎么了，都看着我，我又没什么好看的。”看着他们询问的目光，我也不知出了何事，“梁易涉你是不是活得不耐烦了？老娘饿得前胸都贴后背了，还不快点去给我弄点吃的！”

梁初凉拍了拍梁易涉的肩膀，“没事，性格改变也是正常，习惯就好。”

他点了点头，有些无奈地看着我，“碧若，他是我义父，你对我怎样都可以，对他尊重些。”

我点点头，目光又一次转向了窗外。我听不懂他们在说什么，可是有个名字在我的心底盘桓，只是一旦细想，却怎么也回忆不起他是谁，我们都有什么交集，这种感觉很奇怪，明明感觉很熟悉，却并无交集一般。

闻风……

是谁呢？

他们都去了厨房，我一个人开了音响听歌，心里想的是那个奇怪的名字，直到饭香飘来，梁易涉叫我去外面吃饭。

不知不觉，饭就吃得很少，几乎是一粒米，一粒米地往嘴里送着，也忽略了他们两人盯着我看的目光。

“碧若，你怎么了？”

“闻风……”听到我嘴里逸出这个名字，他们两人不由得一震，互相对视了一眼，眼里的复杂，远远不是我能猜得出的缘由，“是谁？”

仿佛松了口气般，刚刚的紧张气氛就像是一只被扎漏了气的气球，瞬间平复下来。

“怎么会想到这个名字？”

“不知道，就突然，觉得很熟悉，可是没有搜索到关于他的任何记忆，所以觉得奇怪。”

梁易涉放下了手中的饭碗，安抚小动物般地抚摸着我的头发，眼里笑里尽是我看不懂的温柔，“没事，不是什么重要的人，吃完饭，义父会带我们上雪山。来了快一个月了，都没有上过山。今天天气很好，山上的温度应该没有那么冷，趁着今天上去，过两天我们就该回去了。”

“嗯。知道了。”

莫名的心情好了起来，不再纠结于那个奇怪的名字，专心吃起了饭来。

梁易涉的手艺自然是不如我的，可是这也没什么关系，因为不知为何，心里是前所未有的轻松，就像真的放下了什么一样，可是却不知道到底放下的是什么。

记得做人类的时候曾经在一本书上看到一句话:“有时候做人不能太敏感,难得糊涂才能活得痛快。”想到这里,我也不去烦恼了,看了看时间,下午一点,梁易涉又在客厅里和梁初凉聊天、洗碗,于是我进了房间,换上了件白色麻花纹的毛衣,围上了带来后还没围过的大红色围巾,牛仔裤里加了层保暖裤。看着全身镜里的自己,头发已经长及腰间,这样的一身,看起来还真有些有女初长成的感觉。

随手取来一根皮筋,轻轻地将一头长发绾起一个髻,又挑了个和围巾同色的蝴蝶结别在发髻上,对着镜子里的自己露出一个俏皮的笑容,再比了个“Yeah”的手势。

有多久没有笑得这么开心了呢?

已经不记得了。

磨磨蹭蹭地都快过了半小时,我赶紧拿起桌子上的粉红色唇膏抹了两下,就赶紧去找他们。

有时候默契也许就是那么回事吧,在我开门的瞬间,梁易涉也正准备敲门,我对着他微微一笑,“怎么啦,这么快就想我了?”

换来的却是他有些吃惊的表情。

“碧……碧若?”

“怎么啦。”我低眉浅笑,阳光射进眼睛,心情就是这么无法言说的明媚。

“没事,就是你好久都没有这么好好打扮自己了。大婚的时候,你确实美,可是那毕竟是他们安排的样子。你肯为了我打扮自己,我很开心。”

我假装嗔怒，拉过他的手去，“怎么啦，我为了自己老公打扮自己，不行啊？找打呀你！”

虽然不答话，可是我看得出他的开心。

他牵着我的手，去看沙发上看着电视的梁初凉，没想到，他也是微微一震。最后也不过说了句，“很漂亮的儿媳妇。”就起身关了电视，带上门，和我们上山去。

3

瑞士的雪山就和传说中的一样，被洁白的雪全部覆盖住，在阳光洒下来的时候是一种暖融融的贴心，没有一丝杂质的感觉，会让人以为我们是在世外桃源，而非这个充斥着各种烟雾的世界上。

我们徒步上山，沿着缆车的路线往上爬，记不清楚过去的我是否喜欢运动，但是这条路让我觉得并没有我想象中的难走，跟在他们两个后面，就像是一个人肉屏风，帮我把凶猛的狂风都遮挡住，能享受到的好像只是高照的艳阳而已。

山间有些细小的河流，不仔细去看都看不见它们，只听得“叮咚”的碎响。更令人欣喜的是，居然有小鱼儿在水中跳跃着。

怀着一颗好奇的心，我悄悄走过去，掬起一捧水，那鱼儿巧妙地躲开。也不知道是上了瘾还是怎么，我居然玩心渐重，誓要和它奋战到底，就在溪边跪了下来，和它玩起了猫追老鼠的游戏。

兴许是他们发现了我并没有跟上来，梁易涉一路小跑回来。

“你在干吗？”

“唔，抓小鱼啊。”

“噗，你一个捕魂者，想抓一条小鱼还需要这么麻烦？”

话毕，他掏出了他的封条，轻轻一挥，小鱼儿就这样蜷在中间，挣扎着，却还是不能逃脱。

我看着他，心底一股怒气油然而生，“梁易涉！你真无聊！放了吧，我没兴致了。”

丢下愣在当场的男孩子，我一个人重新启程往山顶进发，一边，我的余光看见梁初凉微笑着摇摇头，走过去拍了拍梁易涉的背，仿佛还轻声说着，“别急，慢慢来。”

慢慢来他个鬼啊，这个世界上不就有些男孩子根本不了解女孩子，不解风情，一辈子怎么样都不会开窍。我觉得，这傻小子就是书里说的这一类，天天满脑子都冒着傻气，也不知道哪个给他这么宽的心的。

我们花了点时间才登顶，阳光照射下的雪山如同一块巨大的水晶，亮闪闪的，煞是好看。

我俯下身去看千家万户，突然感觉到我们在这世界上是何等渺小。

那点点绿意竟是我曾见过的天地，小小的红点是我们住过的房屋，黑色的那些也许是人类吧？其实我们都不过是一样的，捕魂者和人类，在山川江河的面前都是不值一提的，即使我们功绩盖天，也渺小得和尘埃一般。

就在我伸出手去，准备感受那轮炎阳和我的距离之近时，一声巨响从雪山的内部传来，脚下终年的积雪竟然晃了三晃！

警铃大作，然而此刻第一个反应过来的还是最年长者，梁初凉大喊一声，“结界破了！”

破了?!

不是说已经加强了三层的守卫，结界又怎么会破了?!

一瞬间，眼前的雪白变成了灰黑色的浓雾，空气中尽是魂魄的嘶吼声！那终年不化的积雪竟然像炸开了一般，成了无底之洞。恶魂从这洞中一波一波，如同有组织有纪律一般，用短短几秒的时间，将小镇盘踞。

忽然，山下居然有一股强大的力量蔓延开来，镇住了魂魄们冲出小镇的去路。

“文森特爷爷！”

“老伙计！”

父子二人竟是异口同声，梁易涉下一秒便跪倒在了雪地之中。

“小涉，小镇只能废了。可是单凭文森特的一人之力，只能镇住魂魄一时。为了各大时空之间的平衡，只有我再化成‘补丁’填补这一侧的出口才能永远将它们镇于此地。别怪义父无情，虽然这一生我为你做的不多，也不能光明正大地让你成为我的儿子，但是我已经知足。待我的魂魄镇住了结界，你就和仓央去找司寇长老处理后面的事。”他看了梁易涉极长的一眼，这一眼里，有不舍，有决绝，有苍凉，我想他定是个慈父吧？转过脸来，他又深深地看了我一眼，“仓央，小涉是个好孩子，请你照顾好他。”

不等我回复，不等梁易涉那一声“不”字脱口而出，他的魂魄已经散尽，那晃动的结界缺口终于又恢复了往日的平静。

那一刻，我才意识到，上一秒还在和我们谈笑风生的老人真的消失在了这个世界上，连一丝痕迹都不剩，而这个小镇也连同他们一起，永远地被抹去了。

这一切，都是薄奚。

4

我凭着最后一丝力气将梁易涉带回了中心，那里，杜伊然，大长老，还有两个我不认识的少年已经等在了那里，一个年纪大约和我们一般大的样子，还有一个稍小。

不知道为什么，对那个和我们一般大的男生，我竟然有种奇特的感觉。

梁易涉就这样落在云上，杜伊然走过去，一脸心痛地抱住他，那个少年蹲下身去，一言不发，什么动作都没有，我看着他，满目是我看不透的情结。

“你是谁……”

当我脱口而出这句话的时候已经来不及收回，杜伊然和司寇长老似乎知道些什么一样，轻轻叹了口气，最终选择了沉默。只有那个少年给了我一个诧异的眼神，那一眼极短，短到我还来不及捕捉，就已经消失不见。

司寇长老眼中闪过一丝悲凉，但是作为宇宙的掌舵者，还是给我们下达了命令："小镇的悲剧已经及时地被制止了，梁初凉虽犯下重罪，但已功过相抵，立于中心殿中。杜伊然，闻风，安逸，仓央碧若，即刻返回小镇，确保没有出逃的魂魄。若有任何异常即刻回报，我们再做处理。"

闻风……

"你是……闻风？"

泪水如同断了线的珠子一般不自觉地从眼眶中急下，我心下也是一阵无助。

"是，我是闻风。"他用平静的眼神看着我，但是不知为何，我总觉得他的眼光透过了我，在更遥远的地方，"橡豫时空的执政者，请你放开我。"

我这才意识到，我的双手竟然已经牢牢地抓在了他的胳膊上。

为什么？我问自己，明明那个坐在云上的男孩才是我的丈夫，可是他的难过竟然激不起我心中的一丝涟漪，反而是这样一个和我毫无瓜葛的人，让我如此在意。

"仓央碧若，别忘记你已经嫁给了小涉。若再生事端，休怪我无情，将你打入中心花园的气牢，面壁思过！"最后的尾音已经带着威胁的意思，不愧是这个宇宙最高地位者。

他转过身去，去往冥想殿的方向，不一会就淡化透明到看不见。

杜伊然安置梁易涉在等候殿中休息，更安排了魂侍照顾，这才恋恋不舍地回到等候殿和我们会合。

“好了么，伊然姐。”

“我们走吧，闻风，摆阵。”

因为结界的再一次冲破，我们不得不再一次用上新的法术，这才让两个橡豫来的少年同我们一起返回了沧溟。

短短几个沧溟时的时间，整个小镇已经再看不出往日的生气，如同被岩浆烫过一遍，一切都是灰黑色的尘土。

看来，在我们离去的时间里，灵力高些的魂魄已经操纵着那些人吃掉了被灵力低的魂魄操纵的人。

这一切，只能用生灵涂炭来形容了。

“别看了，时间不等人，再发呆下去真的就要冲破结界了。”看得出，杜伊然虽有着难以克制的悲伤，仍然记得提醒我。

悲天悯人不是捕魂者该有的思想，在这个世界上活着，每个人都不容易，包括身为捕魂者的我们。

我望着远处那两个来自橡豫时空的少年已经开始努力地收魂，年纪稍小的那个还有些笨拙，但是叫闻风的少年看似年轻，却动作娴熟流畅，成功率竟是百分之百！这是连杜伊然这种老捕魂者都无法做到的！可见，这个少年的天赋异禀。

不知为何，我的眼睛真的无法从他的身上挪开。

我认识他么？还是，我应该认识他么？

因为心不在焉，所以我手上的动作并不快，逃走几个魂魄，杜伊然看着我，虽一言不发，但是我知道，她是恼我的。

“好了,碧若,你回中心照顾小涉,这里我们几个足够了。”

杜伊然说完这句话,我就已经在沧溟的等候殿中,在我面前的,可不就是那几近崩溃的少年。

他脸色苍白,一言不发地躺在床上,双眼无神地瞪着天花板,身边站着两个魂侍,肃穆威严。

我走过去,两个魂侍看也不看我一眼,向后退了一步,其中一个指了指旁边的小桌板。

桌上放着一杯白开水,一粒逍遥丸,还有一碗安神汤。

我喂他几口,他却什么都喝不下去,只好强制喂了药,让他睡下。

我想,我认识那粒药丸。

曾经多少个不眠的夜晚,即使是车杨师父的安神曲都无法催我入眠的时候,这种最大剂量的安眠药最后能让我得到平静。

师父说过,在这修炼场里,无数的魂魄无法安眠,有些是身上的伤痛,有些是因为残酷的制度,而我,则是车杨带给我的噩梦。

【十七】

1

回到沧溟的第三天,梁易涉终于再次苏醒过来。

他和往常一样上课,接我放学,脸上的笑容却消失了。

杜伊然的眉心越锁越紧,我们的气场也在渐渐失去。

那天,我和往常一样坐在教室里听着无聊的中国文学史,在下课铃声响起时,突然班导走了进来,身边还有个年纪和我们相仿的女孩子。

“这位是交换生,来自新西兰的 Angela,以后和大家一起上课。”

话毕,班导走出了教室,大家也都拿起书包作鸟兽散,已经是研究生的年纪,大家早就有了自己的圈子,不然就是像我这样独来独往的人,转学生的事情又与我们何干?

一贯坐在最后一排的我,等着大家都走光了之后,才背起书包,走下阶梯教室。

那个叫 Angela 的女孩子就站在那里,用她的异色瞳孔看着我,如同两颗闪闪发亮的宝石,左眼是墨绿色,右眼是海蓝色。化了个很夸张的萝莉妆,穿着哥特风的裙子,一头银紫色的头发更是扎成两个很高的辫子。

我本想忽略她走过去,没想到她用嘴里的泡泡糖吹出一个巨大的泡泡,突然横在了我的面前。

“Excuse me.”

“他们都走了,你带我去下节课的教室怎么样?”是不太流利的中文。但是听得出来,已经学了很久了。

我看了她一眼,她眼中带着玩味的笑容,身上是安娜苏的香水味,虽然刺鼻,但并不令我讨厌,“走吧。”

鬼使神差一般，我居然答应了她的请求。这是我第一次在学校里和教授、班导以外的人说话。

一路上我们也没有多余的话，十点多的时间是校园里热闹初显的样子。学生们来来往往地穿梭于宿舍，教学楼和食堂之间，一片生机勃勃的样子。

按往常来说，这个时候我的心情会好一些，毕竟看着这些鲜活的，有血有肉的生命蹦蹦跳跳地在校园里，我就会有些欣喜在心中蔓延开来。可是今天，也许是这个银头发的少女在我身侧，让我有些小尴尬。

“你怎么不说话啊，我叫 Angela，你呢？”

还不等我回答，迎面而来一个戴着镜片瓶底厚的眼镜的老头，看着我，激动地想和我握手，让我不留痕迹地躲了过去，“哎哟，这不是仓央同学嘛？怎么，是回来读研还是回学校看老师来了？”

我一时间不知该如何回答，心下直叫不好，我的“复刻版”之前也是在江大读书，我怎么就忘了？

我立马进入这个老头的脑子搜索有用的信息，怎么全都是金融方面的东西？难道，人类之身的仓央碧若学了金融？

“张教授，许久不见，最近来学校有点事，回头再去找您喝茶吧。今天还有课。”

“好好好，那回头，你和闻风的婚礼，记得给我这个老头发喜帖啊！”

啊？闻风？

我拉着身边一脸疑惑的 Angela 匆匆走向下一节课的教室，仿佛逃离一场灾难。

看起来是需要做些改变了，免得总被认成人，给自己和她都会带来麻烦。

只是我没想到的是，在捕魂者的世界里和我毫无关系的闻风，怎么就会在人类世界里和“我”快要结合，看来，是时候去看看现在的她过得如何了。

脑袋里突然闪现出几个支离破碎的画面。第一个是招聘会，我仿佛看见了自己。然后，居然是一个雨天，我……亲了闻风?! 远处的梁易涉和杜伊然是一袭白衣，居然还有令狐长老!

天哪，我这是大白天的做了梦嘛?

“你，怎么了?”

“哦哦，没事，刚刚的教授估计是认错了人吧。我们说到哪儿了?”

“你的名字。”

“对对对，我叫仓央碧若。”

“仓央碧若? 现在居然还有中国人姓仓央嘛? 我看书上说，不是已经消失快3000年了嘛?”

“是啊，我们家的姓氏也是奇怪，也不知道是怎么回事，除了我们这一支都不姓仓央了，到我这里一个女孩子，也是要断了。”

“那太可惜了，也没什么，都是身外物罢了。快走吧。”

2

那天以后，Angela就闯进了我的生活，毫无征兆，也没有任何违和感。

最开始对于她的搭话也好，问路也好，我都是淡漠，到如今，我们一起吃饭，一起散步，都成了我生活的一部分，我也习惯了这样的关系。

梁易涉和她也慢慢熟识起来，毕竟每天他还是接送我上下学。偶尔我们还会一起吃饭。

只是一切都发生得那么措手不及。

当我刚刚开始完全信任这个澳洲来的小姑娘时，一件让我出乎意料的事情就这样发生了。

那是一个看起来云淡风轻的午后，可是不知道为何，我的眼皮一直跳得很厉害。

梁易涉早早打了电话说今天有个比赛，让我在学校的图书馆等他到五点左右过来接我。我也没多想，本来是想打个电话让住在学校宿舍的Angela过来陪我，可是不管是梁易涉还是她的手机居然都打不通。

我心里觉得奇怪，于是就躲在个角落，对着樱花镖默默念咒，于是下一秒，我便出现在了梁易涉学校的更衣间里。

本来这是个很隐秘的地方，所以才直接过来，可是我万万没想到的是，在他独立的更衣室里，那狭窄的20平方米大的小房间里，出现在我眼前的，除了那个将我明媒正娶回家的少年，还有那个我成为捕魂者后，唯一的人类朋友，Angela。

此时在我眼前纠缠的两人，梁易涉正醉生梦死一般亲吻着Angela，两个人痴缠的身影让此刻出现的我，如同一个笑话一样，体味着突如其来的背叛。

“碧若，碧若你听我说。我不知道，我喝了她给我的水，我就好热好热，然后我也不知道为什么，就成了这样了！碧若你听我解释。”

脑中的画面急转而下，一幕幕都是那橡豫时空掌控者闻风的模样。

一次次等待殿中的白衣青丝，一次次我看他日常的情况，一次次他出现在我们家中和梁易涉交谈的场景。还有，还有好像是某次的宴会，他一身素色衬衣在角落中喝酒的样子……

为什么，为什么此刻我的脑海中已浮现不出别人的样子，都是那个淡漠的少年！

“Angela，你就没什么要和我说的吗？”

那女子不慌不忙从地上捡起她的衣衫，语气不急不缓，“仓央碧若，我和你说实话吧，从我第一眼看见小涉我就喜欢上了他。你不爱他，我知道，所以他才爱上我。我们既然是真心相爱，你就把他让给我吧。和他离婚……”

还不等她说完，梁易涉又匆匆回到她的身边，摇晃着她的双肩，“Angela，你胡说什么?!我怎么可能和你真心相爱，我一心都是碧若，一定是哪里搞错了！”

我不想多听他们的言语，摔门出了更衣室。

那里还有些梁易涉的队友，看到我纷纷惊呼，并用衣物挡住自己的身体。

我哪还有闲情逸致去管他们的事情，一脸死灰状往外冲，也不顾他们的言辞。

3

第一次在这个熟悉的城市里,我不知道去哪里。

关掉了身上一切可能被他们找到的设备，甚至把气场调整了,我不想见到任何一个和梁易涉有关的人。

因为出来得太急,以至于连钱和包都没有带,到此时也是饥肠辘辘了。

不知道为什么,对于他们两个的丑事,我更多的不是生气本身,而是气梁易涉让我堂堂一个捕魂者丢了面子。

上万年来,捕魂者们不会离婚的事实摆在我的面前,可是我的脑中却在思考,如何让司寇长老同意我们的分开。毕竟,我是这天地间许久未有的转换者,而梁易涉更是背负着大长老义孙的名分,怎么说,这婚事要拆散还是要想些办法才好的。

闪过念想的瞬间,不知道为何,脑中再次出现了那个少年的脸。

他眺望远方,眼神淡漠,白袍加身,负手站在山巅之上,任由青丝吹起。

刚刚撞见奸情都不曾有感觉的我,突然有种什么东西剜过胸腔似的疼痛。明明那里已经不再有个血肉心脏,还是这般痛着。

不对,我隐隐感觉到这件事的背后藏着什么更大的秘密,而我若想查明,势必要问问这个叫闻风的少年,不然只有问大长老司寇了。

突然不知为何,我心中闪过一个奇怪的咒语,然后,听见某个声音在我耳边呢喃:去吧,去找那个少年,问清楚事情的究竟。

于是,我摸出了身上的樱花镖,默念着刚刚那道咒语,一瞬间,我便冲破了什么般,飞速前进着。

很快,我便落在某个海边,眼前是个山丘,山丘上所立之人,可不就是刚刚那个在我脑海中闪现的少年!他眺望远方,眼神淡漠,身着白袍,负手站在山巅之上,任由青丝吹起!正是闻风!

"闻风!"

被我唤着的少年终于注意到趴在沙滩上的我,不曾有起伏的眸子第一次瞪大,双唇微启,瞬间就来到我的面前,"仓央碧若,你怎么会……不好!"

他的身后一声巨响,如果我猜得没错,那是……结界破了!

一股黑色的气体破界而出,不论闻风的手有多快,这黑风还是逃脱了一半的束缚,向山的那边跑过去。

"师父!"

"安逸,去中心禀报,结界已破,橡豫请求支援!"

那刚刚破门而出的少年已乘风而去,金光闪过就已经不见。

"仓央碧若,刚刚闯了祸,还不来帮忙!"

我的思绪终于被拉了回来,扔出了手上的樱花镖。

在银豹镖和我的镖要碰上的瞬间,一股银光绽放开来,两支镖生生撞开了彼此,我和闻风也应声倒地。

然后,我跌落在了中心的大殿之中,朦胧中只看见躺在身侧的是闻风。

【十八】

1

这一觉我睡得很长很沉。

我梦见了那个下雨的日子,我第一次遇见闻风,遇见一众捕魂者在雨中的样子,梦见自己吻了那个少年。

后来,我梦见了第一次在中心殿中看见他少年老成的模样,指点江山的气度,完全不输给在场任何一个比他多活了几百岁的掌控者,他的身上更多了一种别人无法直视的气度。

再后来是一个夜里,在家门外,他对我说着我们不可能在一起的事实。

再后来便是大婚了。那个站在琉璃长老身边的他,一袭火红的袍子,眼中是冷到底的神色。

……

感觉好痛,可是哪里痛又说不出来,是脑子吗?是,可是胸口也痛着,浑身上下都痛着。

"碧若,碧若你快醒醒啊!"是梁易涉吗?

"快,你们快来把他们两个的手松开。"

"抱歉,杜长老,我们挣脱不开。"这是魂侍嘛?

“不管你们用什么法子，给我松开！这样成何体统！”最后，是司寇长老吧？

到底发生了什么事情，他们都在说什么呢？

我努力支撑着千斤重的眼皮，想起身，身体却被什么束缚着，重重摔了下来。难道……是他正握着我的手？

“碧若，你醒了？伊然姐，碧若真的醒了?！”

“梁易涉你别吵了！”我头痛难忍，却在完全睁开眼时，看见了放大的闻风的脸。

这是我第一次这么近地看着这张脸庞，清晰到连每个毛孔，每根汗毛都那么清楚。他大大的眼睛，高挺的鼻峰，薄如刀片的唇，就这样在我的眼前，我的鼻翼还能感觉到他的呼吸。那一刻，我怎么又心跳如雷了?！我到底哪儿来的心脏可以这么跳啊！

“闻风……闻风……你醒醒啊。”

那个把我抱在怀中的男孩纹丝不动，若不是感觉得到他的鼻息，我还以为他怎么了。

大约又过了几个中心分后，他微微启开了双眼，有什么东西闪过了眼睛，转瞬即逝后便放开了我，强撑着身体站起来，一个鞠躬就对着司寇长老，“对不起……爷爷。”

“啪！”一个巴掌结结实实地打在了他的右脸上，他丝毫不躲，头倾向左边，半晌又摆正。

我见势不妙，也顾不得身上有多疼了，就这样挡在了他的面前，“司寇长老，您别打闻风了，这不是他的错。”

“是，确实你的错更大些。”还不等我反应过来，“啪！啪！”两个清脆的巴掌就落在了我的脸上，左右各一个，火辣辣地疼着。

“爷爷！您别打碧若！错的是我。”

“呵，今天一个个都是怎么了？仓央碧若，你这个红颜祸水！当初，我就不该让你转变！”司寇长老的震怒，让整个等候殿都震了三震！所有人都噤了声，不敢发出什么动静让年事已高的他再添怒火。

而我，打定了主意，那过往的一幕一幕闪现眼前，我再不能坐视不理了，“司寇长老，今日，梁易涉的背叛已令我不能再和他相处，过往的一切我都已经想起。我爱的人，是闻风。请您允许我和梁易涉离婚，不管这次是换心也好，剔骨也罢，我要成为橡豫人，我要永远和闻风在一起。”

此话一出，所有人都震惊当场，我不再理他们，自顾自摘下了左手四指的银戒，在梁易涉那声“不要”出口前，将它化作了灰烬。

“好，非常好！仓央碧若，好个仓央碧若！你呢，闻风，你作何反应？”

“司寇爷爷，百年之前仓央转换之时，我知道她是沧溟人，是小涉的心上人，我便压抑了自己的感情。百年以来，世间沧海桑田，我不肯说出这段感情。可是今日，小涉还是负了她，我不能再置若罔闻下去。请您成全！”

“啪！”什么东西就这样被司寇长老摔在地上，竟是一块玉！

“司寇爷爷！那可是我和闻风当年被抱回时，您赐给我们的玉啊！您怎么打碎了‘风’玉！”

难道说，这就是当年汇集四海元气最后铸成的天地间唯一的天玉了？当年他们二人被上古的玉女选中，于是大长老收义孙时分为两块，连着他们的血脉根源的天玉。风玉和水玉中的风？

不好！

就在玉碎之时，一口鲜血从闻风口中吐出，染红了脚下云朵。

“闻风！”

“来人，锁仓央碧若于沧溟花园气牢，断水断食，直到她意识到自己做了什么！将闻风禁锢在冥王星之巅，终日受陨石穿身之痛！橡豫由安逸镇守。”

“不要！”

“不要啊爷爷！”

我和梁易涉这异口同声的不要，一句为了闻风，一句为了我。

鲜血由梁易涉口中飞溅出来，杜伊然上去抱住了他。

我，在被带进气牢之前，最后一眼落在那个少年的身上。

他依旧是周身淡漠，但是在我们眼神交会的瞬间，他的嘴角扬起一个淡淡的笑容，用嘴唇对我说出一句：别怕。

2

气牢里的时间是静止不前的。

我不记得园中的花开了几次，树又绿了几次，偶尔杜伊然会来气牢前站上一会，同我说说话。

原来那天，我冲破了结界，强行去了橡豫，用的竟是巫族的法术。

就是我这小小的举措，导致了五大时空结界的终极破坏，恶魂从不同的结界涌出，人间已经是混乱一片。只有沧溟短暂的平静之时，她才能来看看我。

修炼场空了，学成的、未学成的捕魂者们纷纷回到自己的时空，为这场浩劫尽自己的绵薄之力，一切都只是徒劳，都是去送死的居多，可是现在明显是人手不够的时候。

在这里的日子，也是太过平静了。

想着那日 Angela 和梁易涉的苟合，我心中也是慢慢淡去了愤怒，只剩下了恶心。唯一的疑惑便是：事出之后，她就消失不见，即使在恶魂血洗江大时，杜伊然他们也都没再见过她的身影。

我心里已经有了些想法，却还是不能确定的，毕竟这个想法也太过荒唐了。

所有的事都好像过了很久很久，久到花园里的所有草木都被恶魂侵蚀，变成了黑色，那一天，气牢的门突然就打开了。

站在牢外的不是别人，正是那很久没见过的梁易涉。

“小涉？”

“中心快保不住了。”

“什么？”

“你被关起来的一百年里，人间发生了巨变。薄奚联合众恶族和我们捕魂者大战，如今，烛照时空已经沦陷，再无生灵，沧溟将是下一个。你是玉女，带我去找冰风镖。”他的语气淡漠，浑然是百年之前闻风的翻版！他周身气息已经不再温热，而是寒气逼人。

“不，你不是金童。”

“你！”

“你和伊然姐已经完婚，你心里很清楚，这个位置不是你的。你手上的红线就是最好的证据。”

我的一句话，他立刻羞愧难当，试图藏起左手，却还是为时已晚。

“我师父在哪？”

“你说车杨？他还在他的殿里。这些年只有他闭关不出，若是他在，人间也不会这般模样！”

“不，你不了解他，他闭关必定是为了更重要的事。你快回去守护伊然姐吧，我们之间过了百年，已经不再是夫妻，你不需要管我。”

话毕，我便向修炼场的方向跑去。

一路的黑色，不管什么都化不开的黑！

万年以前，金童玉女的出现让中心免遭薄奚的洗礼，最终保住了一切，只牺牲了一对璧人，禁锢在冥王星之巅的灵魂是对薄奚的镇守。

如今，除了我这个被选中的玉女转世，我的金童又在何方？那一支藏了数万年的冰风镖，又在何处？

我想，这一切一切的答案只有一个人能给我，这个人就是我昔日的师父，车杨。他闭关的这一百年里必定是另有隐情，或许，这中心真的需要一次生灵涂炭才能换来下一个万年的太平。

我一路跑，一路想。

这一路我曾走过了千百万次，无论如何都不会走错的。

就这样来到了车杨的大殿。

顾不得礼仪,我撞开了木门,进门就是一句,“师父！”

此刻的车杨竟然趴在他园中的石桌上，嘴角是真真切切的血迹!而他的手中,是一卷竹简,上面密密麻麻仿佛写着什么,也沾染上了血迹,触目惊心。

我顾不得许多,飞奔过去,拿起了他手中的竹简。

中心禁术:换魂术

换魂者需保自己完整魂魄脱离本体,在魂离情况下,用微弱气息将魂魄注入换魂者之身,被换魂者魂体永驻,唯有破魂斩才能让换魂者魂飞魄散。

欲练成此功,需先废一身法力,用保魂剑自捅本体九千九百九十九剑。

“师父！”

到底是什么样的人才能发明出如此阴毒的法术！既然写在竹简上,那是否证明,这法术是在万年前就被发明出来的?

我顾不得许多,立刻坐下来给车杨度气,却被他一手打开。

“师父,你到底在干吗?!天下已经大乱,你是这中心除了大长老和左右护法法力最高强之人了,你在这个时候练这种东西干什么,为什么不去拯救天下苍生啊?”

“别管我。你是不是相信为师?”

我看着他眼中微弱却坚定的光芒,用力点点头。

“那就好。去找闻风，他就是金童。那银豹镖里藏着的便是冰风镖，你想办法将它毁了，冰风镖就会自己出来，这样，闻风的束缚也会解开。”

“那你呢师父？”

“别管我，我有我的使命要去完成。你和闻风注定是拯救这天下的璧人。而我，是要护住这中心在宇宙间的位置。相信为师，快去吧。你的时间不多了！”

3

师父的一掌把我直接打到了冥王星，在那遥远的地方，我又看见了那个少年，只是往日的风采早已不在。

我飞到他的身边，看见他已灰白的双鬓，干枯的嘴角，还有那皮包骨头的身材，心下一阵难过。可是如今的局势已经没有时间容我多想，我从他的身上搜出了银豹镖，然后拿出樱花镖开始念咒。

银豹镖在这世间也是一等一的武器了，毕竟和金虎封条都是司寇长老亲自制作的武器，当然，和记忆镖比起来，还是要稍逊一筹的。

所以，在我对其施加了冰火交替的攻击后，最终，承受不住地狱之火的银豹镖裂成了碎片。可在我还没看清楚之际，碎片如有灵力一般，自己开始复合起来！一片一片，泛着幽兰色的光芒，最终，在我眼前的不是别的，正是那传说中通体冰蓝色，镖面上一抹风痕的上古神器——记忆冰风镖！

那镖合成后,蓝色的光芒四射,让我几乎睁不开眼睛去直视它。

说时迟那时快,复合后的镖立刻飞到了自己主人的身边,割开了闻风身上的重重束缚,那冥王星坠落的陨石也一颗一颗飞出了他的身体,那少年又恢复了往昔的神采,白衣翩跹,青丝飞扬!

可是也就是此刻,我坠入了一片黑暗。

那黑漆漆的一片里,我什么都无法看见,就连平日里发光的武器,此刻都无法为我照亮一丝光明。

突然间,好像头很晕,整个人被人倒了过来一般,不停地坠落着。

也不知道是过了多久,遥远的尽头,有一丝光亮传来,我用尽全身的力气往那里飞去,却还是很慢。

然后,那里便出现了一个人,再近一点,再近一点,居然是……闻风!

“闻风——闻风——”可是我怎么都发不出声音。

那少年一副古道仙风模样,来到我面前,紧紧抱住了我,“若,我带你走,此后,这世间的一切纷争,便与我们无关。你看可好?”

“好。”

“哈哈哈哈哈哈!仓央碧若,多谢你的这一声好啊!艾米丽的法术成功了!樱花冰风是我的了!”

薄奚!怎么会是薄奚!

“没想到吧仓央碧若,你最好的朋友 Angela 是艾米丽所变的。借你的手冲破封印,然后再借你的手得到这一支上古神镖,也是得来全不费功夫啊！”

我睁开了双眼，此时也不知是不是身处黑洞，身边漆黑一片，除了身边绑着锁魂绳的闻风，和同样被束缚的自己，还真的什么都看不见。

身边的少年还是沉睡的模样，看来还不曾醒来就被薄奚抓来了。

“薄奚，有本事，你就现身。”

“不要着急，小捕魂者。时机还没到呢。司寇的仙身才是我最佳的选择。等艾米丽的新药制成，你们服下，成了我的傀儡，这天下就真的是魂和恶族的了！哈哈哈哈哈哈！”

“薄奚，万年之前，你是我和闻风前世的手下败将，今日，也是一样。只是我不明白，为何当年艾米丽不自己下咒冲破结界，一定要是我？”

“仓央碧若，你不是玉女，你只是她的转世罢了！今日，既然你们都将是我的傀儡，就让你知道一切也无妨。”他的声音顿了顿，换了一副口吻，“万年之前的金童玉女是从记忆镖中破镖而出的元魂，练成人身，专门针对我而来。而此世，你们都生于凡胎肉体，法力怎能和万年之前抗衡？我的出逃，正是因为你们转世，魂魄离开了冥王星才给了我这个机会。所以，我还要谢谢你们助我一臂之力呢！至于一百年前的事，两个原因。一，艾米丽的法术只能由能力超强的捕魂者完成。二，你被关押是意料之中的，司寇那老家伙少了你，我对这天下更是唾手可得了。他这般对你们，你们随了我做事也是天经地义！”

“哼，说的也是。闻风，闻风。司寇这般对我们，我们不如帮着薄奚一统天下，最后一人分几个时空，岂不是比现在快活？”

闻风被我唤醒，看着我的双眼转了几种情绪，最后只一句，“好。”

【十九】

1

“那，薄奚大人，既然我和闻风已经弃暗投明，这药是不是也省了？反正也还没有制好。”

“等等，仓央碧若，现在我放你去凡间助地狱火王一臂之力，拿下沧溟。你若不忠，闻风在我手上便会灰飞烟灭！”

“好。你先帮我解开。”

“这么爽快？也好，等我大业完成，沧溟便给你管理，去吧。”

“我的镖?”

“先用这把剑吧，去干掉梁易涉和杜伊然。”

“哼，我正有此意，这两人背叛我至深，薄奚大人稍等片刻，我去去就回。”

没了樱花镖，我的法力有所削弱，但我毕竟是玉女，这魂魄中未激发的力量是无穷的。

沧溟已是满目疮痍。四海遍野都是被火烧过的痕迹，所见之处都是被魂魄控制的傀儡身躯，让人看了有种触目惊心的感觉。

不知是薄奚激发了我体内的能量还是注入了其他东西进来，我有着从未有过的力量，频频击倒了冲我而来的捕魂者。

很快，我便见到了那一对携手并进的璧人，一卷封条，一根皮鞭，两人背靠而立的样子，真有点人间金童玉女的意思呢。只可惜在现在的我看起来，这两人是这样的恶心又可笑。

“梁易涉，杜伊然，你们这对狗男女，受死吧！”

“碧若你是不是疯了？”

“小涉，她投敌了，别手软！仓央碧若，当年你自己离婚，我们在百年中结合也不碍你分毫！你有什么资格现在来讨伐我们?!”

我手中的宝剑纷飞，和他们的武器纠缠在一起，难分胜负。

“杜伊然，你敢说当年我和梁易涉结婚后你们没有任何的逾矩行为？你当我是真眼瞎吗？”

“碧若，你不要胡说，当年我和 Angela 的事是我对不起你。但是如今我是看见了伊然的真心，你有什么可不甘的？”

我不再同他们废话，一剑插入了梁易涉的胸口。

血渗了出来，杜伊然大叫一声纵身护住了他，让我没有能力再下第二剑。而我，顺理成章在她的背心插下了一剑。

“仓央碧若，你注定此生错过……闻风……”

我眉心一紧，心下一颤，最后摇了摇头，“薄奚大人！”

我一声大吼，又回到了关押着闻风的黑洞。

“好，做得好！哈哈，艾米丽，给他们酒，喝下后，我们去中心！”

我看了闻风一眼，他还是那副淡漠模样，不温不火地一口气喝干了碗中的酒，我也毫不犹豫喝下，不像人间的酒那么辣口，反而有些酸酸甜甜的感觉。

“记忆镖在此，此行的唯一目的，就是将司寇的魂魄打散，切记不可伤害他的仙体！”艾米丽的话字字如铁，烙在我们的心头。

我和闻风接过了自己的武器，踏上了征程。

2

昔日群臣朝拜的中心殿已经是废墟一片，目之所及皆是废墟，这番场景让我不由得想起了那历史上的圆明园，但是法术造成的伤害，还是太过残忍。

“怎么，心软了？”此刻的薄奚仍旧是一团黑烟飞在我们前面。

“没有。”

“别忘了，你们是我的人！”

“是，薄奚大人。”

他推开了中心殿的大门，那里坐着的分明是昔日的十八大长老。

他们个个打坐，呈金字塔形，明显是在为凡间度气，撑住最后一股魂魄于天地之间。

很多的长老面色发白，虚汗连连，几乎挺不住这样用自身的魂气去支撑天地的存在了。

薄奚轻轻一挥，艾米丽的法杖已经指向了外层的长老们，而我们也挥动手中的武器，攻击着这些长老。

“碧若，闻风……你们……”琉璃长老在倒下之时眼中皆是不信的神色，那种绝望，也许我这一生都不会忘记了。她真的不再有希望了，我想。

大左右长老的法力不低，和我们三人共同僵持了快一个中心时的时间，最终还是双双倒地。

只有司寇长老了。

“司寇，你别白费力气了，你这中心没人了。你真以为自己的魂气可以拯救苍生？他们都是我的傀儡了，不是你的子民了。放弃吧。”

“薄奚，”司寇长老吐出了一口血，“数万年的光景了，你还是放不下。”

“放下？你和我提放下?!当年的事，你放得下我放不下！这位置本就是我薄奚的，小锦也是我薄奚的！可是你呢，你亲手毁了我最想要的一切！今日，我就替小锦杀了你！金童玉女，给我上！”

“是！”

“是！”

我和闻风双双抬手，那镖对准了司寇长老而去。

可是就在快要打在他身上的瞬间，两镖合并，一时间七彩的光芒照亮了一切，天地失色，日月无辉，这彩光打在了刚刚倒下的长老们的心口，他们仿佛治愈一般，都吐出了瘀血。

那合并后的记忆镖突然在空中拐了个弯，直奔着薄奚而去！

“不，不！你们两个畜生！艾米丽！”

那黑烟一闪，艾米丽一个箭步冲向了记忆镖，被插入身体的镖瞬间击成了碎片!

可是就当众人回过神来之时,那黑烟已经钻入了奄奄一息的司寇长老的身体!

黑烟笼罩了他的身体,血一次次从口中吐出,那白发居然瞬间变成了墨绿色。

就是此刻,在我什么都看不清的情况下,一个黑影再次扑向了司寇长老,这一次,是金色的光芒射出了他的身体。待我看清楚时,为时已晚。

“不,师父!”

薄奚的恶魂和师父的忠魂在司寇长老的体内搏斗,我和闻风立刻将记忆镖召唤而来,悬在司寇长老的头顶,那金光和七彩之光相融合,最后,司寇长老吐出了一团黑黢黢的东西。

“就是现在!闻风!”

“嗯,来吧!”

“冰风樱花天地合,七彩之光照天地。任凭恶魂当道欺,速速散去永不生!”

这句咒语脱口而出,那冰风镖和樱花镖受了指令,分开后开始转圈,那七彩的光圈罩住了薄奚的恶魂,那黑色的颗粒一片片消散。

“不!司寇!不!”

很快,那一切消失不见。

樱花镖落在我的手心,身侧的闻风也握着他的武器。

他看我一眼,右手揽过了我的肩头,“都过去了,别怕。”

【二十】

1

“恶魂薄奚魂散中心，大劫已过。同党艾米丽魂破中心，以示惩戒。地狱火族，夜魅血族，人间兽族，参与叛乱，封印于中心镇魂塔万年，受剃魂锁之罪千余年。坂岭时空前任掌控者公输玄，经查实未参与叛乱，却识人不明，流放数万里，后回归中心。”大右长老宣布完了各种刑罚，下面就轮到我和闻风了。

自那日的大战之后，我和闻风便被锁在中心花园的气牢里，分开看守。

中心也渐渐恢复了往日的生气，重建的工作一天好过一日。

一百年的时间，也该有个了解了。

再次看到闻风的一百年后，他的眸子里已经少了当年的冰冷，望着我的一双眸子里，更多的是柔情的感觉，不再犀利。

看见我，他微微笑着，用嘴型对我说出一句“别怕”。

那感觉，就像是一百五十年前他的模样。

我和他分别被锁在了大殿的两端。

我看着那一众的面孔，有熟悉，有陌生。

梁易涉和杜伊然已经分别成了沧溟的左右长老，安逸成了橡豫的掌控者,卢嫣然则坐上了烛照的这个位置。看着他们的成长,也笑自己不知不觉已经三百岁了。

我和闻风的宣判由司寇长老亲自进行,只是现在我已经不知道是该叫他大长老,还是师父了。

“一百年前,恶魂薄奚的出逃让这宇宙再历大难,生灵涂炭,人类一族几乎被灭族,在各位的努力之下,我们最终保住了中心的一切,才能有今日的重振元气之日。金童玉女的假意投敌,最终救下了上亿捕魂者和人类的性命,堪称英雄出世。而他们的结合也是逆天而行,两个时空之人本不该有结果,让他们生生坏了我们万年的禁忌。虽战功可圈可点,可也该赏罚分明。闻风,仓央碧若,二人,一人囚禁冥王星之巅,一人囚禁冥王星之底,万年后,锁魂绳自动解开,此后二人魂不属任何一时空,享永世缠绕!”

【番外·若风夫妇】

公元 17000 年,冥王星。

一万年的束缚,今日就是解开的日子。巅峰的少年长发已经可绕星球两圈,雪白的发丝每日抚着那在冥王星之底的女子睡得香甜。

虽说是分开禁锢,可是对于两个心怀希望的灵魂来说,这不过是人生长路中小小的一点罢了。

那女子也是苍老模样了，满脸的皱纹连微笑的力气都不再拥有，于是那魂魄奋力一挣，就跳出了这本体，向着巅峰飞去。

“闻风，咦，还没有醒么？”

那少女般模样的魂魄突然被什么从后面抱住，“一万年了，还是这么调皮。我去寻你，你已经不在了。”

“那可不，见你的心急切切的啊。毕竟，我已经一万年都没见到你了。”

“想去哪里？”

“嗯……我们去橡豫吧！找每个时空最相爱的伴侣附身，先走上一遭再说。”

“好，都依你。”

【番外·新的大长老】

公元17000年，中心。

“司寇长老，您真的决定了吗？”说话的是近日来新上任的大右护法，来自烛照时空的卢嫣然。

“是的，嫣然，”此刻的司寇长老已是接近枯槁的年纪，三万年的生命已经夺去了他的血肉，“带安逸上来。”

魂将带上了安逸，他一袭白衣，银发恰到好处地垂于腰间，“司寇长老。”

“嗯，安逸来了。今天是你师父和师母的解禁之日。至此之后，他们灵魂将得到永恒的自由。你去接他们回来吧，也好让他们看见你接任我的位置，成为宇宙间新的主宰者。”

“是，司寇长老。”

“司寇长老，您真的决定就此安逸了吗？”发出质疑的是大左护法公输玄。一万年的大战中，他用肉体奋力抵抗，最终再次换回了中心的信任，在大左护法退隐后接任其位。

“我，原烛照时空司寇家幺子，司寇连年，自公元前300年从元长老百里楠手中接任大长老之位，迄今已经有两万余年。今日，我将此位传于橡豫时空掌控者，金童之徒安逸。此后万年，整个宇宙尊安逸长老为首。而老夫将用一身修为和上古魂魄巩固橡豫时空根基。一万两千年的橡豫浩劫我们历历在目，中心始终欠橡豫一个解开咒语的契机。我身为中心大长老，此乃我的责任所在！”

这个中心大典注定不同。

司寇连年将手中金杖交于安逸之手，安逸上前一步，手持权杖，左手幻化出他的武器藤蔓木杆，面前浮现出了《冥世》。

“我，橡豫时空安逸，即日起接任中心大长老之位。以《冥世》起誓，清心寡欲，恪尽职守，以宇宙和平为己任，在魂魄灭尽之前，为众生造福。”

话毕，司寇长老的魂魄化成一缕青烟，是烛照时空特有的橘黄色，然后，汇入了橡豫时空之底。

这一侧，新任大长老安逸，大右护法卢嫣然，大左护法公输玄共同施法，让司寇连年的魂魄很好地与橡豫时空结合。

“请金童玉女闻风、仓央碧若上前。”此刻说话的是月家长老琉璃。

此时的闻风和仓央碧若已经恢复了人身,不再是魂魄的形状。他们长发及地,白衣修身,已然一副世外仙人模样。

“原橡豫时空掌控者闻风,原沧溟时空转换之女仓央碧若。一万年前你们拯救世界,封印上古恶魂薄奚,却犯下了不同时空之罪,前大长老司寇判你们囚于冥王星两极一万年有余。现新大长老安逸解除你们魂上禁锢,至此,你们的魂魄永世不灭,不再属于任何一个时空。并赐予永生永世幸福美满。”

【番外·新生】

公元4200年,沧溟时空。

距离仓央碧若被囚于中心花园已经过去了快五十年的时间,整个世界也已经被薄奚带入了一片混乱。可是,杜伊然的小木屋依旧是往日模样,而梁易涉也这样坐在庭院里漫无目的地望天五十年之久了,就好像所有的一切都未曾发生过一样。

那日,杜伊然受了重伤回到家中疗养,奄奄一息地走到梁易涉的身边,就像找到了港湾一样,倒在了梁易涉的怀中。

“然……”

“小涉……别推开……好累……”泪水从杜伊然的眼中滑落,引入梁易涉的皮肤,留下一个浅浅的痕迹。

“然……”将近五十年不曾开口的梁易涉声色沙哑,却在眼泪滑落的瞬间明白了什么，“然，对不起。”

“别……别说对不起……爱你，我不后悔……”

那一秒，仿佛外面的战火都已经不复存在，梁易涉感觉到什么久违的东西从心底升起，那是一种失而复得的感觉。

和杜伊然之间的种种闪现在眼前，突然，他才明白，对仓央碧若，是年少轻狂，而他的归宿正是眼前的这个女人。这个默默守护了他两百多年的女人！

“然，以后的年岁，我只爱你一人。”话毕，他的唇封上了杜伊然已经干裂失血的唇瓣。他替她舔舐干净血迹，发誓：这一生，只为了她而活。

公元4250年，沧溟时空。

经过一百多年的大战，五大时空已经不再是昔日的繁华景象，橡豫时空的沦陷，让沧溟时空受到了更大的威胁，几次都差点从杜伊然和梁易涉手上失掉。

可是令他们无法想象的是，最后来解决这里的竟然是昔日的好友，仓央碧若！

她双目发出红色的光芒，周遭被黑色的浓雾笼罩，手上是一把闪着褐色光芒的利剑，并非昔日的樱花镖。

“仓央碧若，你知道你在做什么吗?！这是生你养你的沧溟时空，我是你的前夫梁易涉！你在做什么?！”喊出这句话时，梁易涉的青筋尽数暴起，双目也快要瞪出血来。

一边的杜伊然像是认命一般，拉住了梁易涉的手，“小涉，她已经不再是我们认识的碧若了。生也好，死也罢，我们在一起的五十年我此生足矣。死在她手上，也算是我们欠她的吧。”

手起剑落，那剑身落在相拥而立的两人胸口时突然转变成了绯红色。

瞬间，两人的肉体消失，沧溟时空一片灰暗。

“小涉……小涉……”

“咳咳咳咳，然……我们……是在哪？中心塔之底？”

他们的周遭是一片黑暗，杜伊然强撑着全身的疼痛，用尽全力挥动手上的皮鞭，点起一点光亮。

“是……中心的等候殿！”

“怎么会？咳咳咳咳……我们不是被仓央……”

杜伊然检查了一下自己和梁易涉身上的伤势，居然并不致命，“是沧溟的上古禁术，假死咒！没想到最后，居然是她救了我们。”

【番外·闻风】

公元3975年，沧溟时空东海。

我是一块上古灵石，在这东海之滨已经滋养了五千余年的时间，我在等一个人，一个可以帮我幻化成人形之人。我知道我一定会变成人形。

我已经等了五千多年的时光,这一日,终于等到一个浑身是血的人来了。

我是灵石,耳能闻风,眼能眺望世界一周,所以我知道他要来,他是为了我而来。

这个人身着一身白色长袍, 一头好看的银色长发却已经凌乱,手上拄着一副弓箭,踟蹰而行,最终倒在了我的面前。

我用一身的灵气为他疗伤,未曾想过他居然伤得这样重,我几乎耗尽了灵力才勉强让他恢复了知觉。

后来,他带我走了,去了橡豫时空,用了几年的时间终于将我幻化成人,起名闻风。

这个人,叫闻千寻,他是橡豫时空的现任掌管者,一名捕魂者。他说我能听见风的声音,所以为我起名闻风。

而他,曾经有个美丽的妻子,和一个漂亮的女儿,双双死于另一个捕魂者之手,最终收我为义子,授我捕魂之术。

三十年后,他死于诅咒,而这个诅咒便是:橡豫时空的历代掌控者,不得有爱的感情!

后　记

《沧溟》源自我的一个梦。

四年前一个失恋的清晨，我梦见了开头，然后匆忙地写下了开头，不承想，这一拖就是四年。

我从很小开始就爱上了“幻想天后”沧月的文字，唯美，而梦幻，将现实抽离，带我进入一个新的世界。我却从未涉足这个领域，直到，这个梦的到来。

不得不承认，第一次写下这些文字的时候看起来是那么的不成熟。经过一次次的修改，一次次的弃坑，又重新拾起，我身边的人，风景换了又换，终于在那个南美的海岛，那个沉睡的大海边，我写完了终章，为“五大时空”系列的第一本落下了一个不怎么完美的帷幕。

因为我知道，很多事没有解开。

闻风的身世，橡豫时空的过往，还有“金童玉女”的种种。

但是不要着急，因为下一部《火凰传说》已经构想完毕，而一向“拖稿女王”的禾媿也着手开始了这一部的撰写，与此同时，本篇的兄弟篇《来自橡豫时空的少年》(for English Edition)也在同步书写中，如若大家不嫌弃，将在同年的12月与大家见面。

除此之外，这也是晓仓颉写作的第十年，从人鱼泪到禾媿到晓仓颉，这十年的欢笑和泪水，或许不为人知。

但是今天，我在这里，不曾放弃，为了每一个陪伴我，期待我，欣赏我的人继续走下去，也请你们一直一直相信我。

还有最后的今天，今天的晓仓颉一定不会让你们失望，只是需要时间和等待。

晓仓颉

于波多黎各

2017年3月10日